文芸社セレクション

植民惑星　アース

想星 尤
SOSEI Yu

文芸社

目次

はじめに

我々が電波を使って交信し始めて約百二十年、もし我々よりも進んだ文明の異星種族が、それをキャッチして地球人を調べていたらどうでしょう。彼らの文明では電波以外の方法で情報交換をしているかも知れません。それを承知の上で地球に来ないのか、既に来ているが科学者はそれを無視しているのか？　そんな事を考えると背筋が寒くなってくる。あなたはどう思われますか？　まァ百二十光年以内にそのような種族が存在しなければ問題はないのですが、私はどうもそうは思えないのですが…。

一九六〇年、世界初の電波による地球外知的生命体探査（オズマ計画）が始まりました。現在はアメリカのＳＥＴＩ計画をはじめ、約一〇〇のプロジェクトが実施されているが、まだその成果は上がっていないようだ。

一、初めての歩み

ふと気がつくと外は嵐。時々、稲妻の閃光がまわりの様子を垣間見せてくれる。

『ウッ！』

ちょっと気分が悪い。とりあえず部屋の中を見回すと、どうやら書斎のようだ。外は猛烈な雨と風で木々が窓の外で大きく揺れていた。

『それにしても汚い部屋だ』

埃だらけで、そこいらじゅうに紙や本や、さまざまな物が散らかっている。

この部屋にはもうだいぶ前から人の入った形跡がない。

『ではなぜ私はここに……』

これはいったいどういう事だ。せめて明かりでもつけばもっといろいろな事が解るのだが……

すると次の瞬間、パッと照明がついた。

『どうした事だ?……何にしてもラッキーだ』

部屋の中をよく見回してみると正面の壁に鏡がある。しかし、そこに映っているはずの私の姿は、大きなディスプレイの上で小刻みにピントを合わせている小さなレンズだった。

『……なぜ？……解らない。何も思い出せない』

ショックでしばらく何も考える事が出来ずただ茫然としていた。いつの間にかあたりは明るくなり、夜が明け、嵐はすっかりおさまっていた。

気を取り直し、まずここはどこなのかを考えてみる事にした。

『別の部屋はどうなっているのだろう？』

すると突然、目の前にいくつもの部屋の映像が映し出された。

『こ……これは！』

考えられる事は、何らかのシステムにより私の意識はここのコンピューターとリンクしているのではないかと言う事だ。改めて、さまざまな部屋の様子を見てみる。そして解った事は、ここはかなり大きな施設だと言う事と、人は誰一人居ない。そればかりか殆どの部屋がここと同じで雑然としていて、長らく人の入った形跡がないと言う事だ。

『いったいどうしたと言うのだろう？　ここの人達はどこへ行ってしまったんだ！』

すると何かが稼働したような小さな音が聞こえた。そして聞き取りやすい女性の声が突然、頭の中に響いた。

『あなたの質問に対し、解答いたします。この施設のスタッフ、一一九三名は全員、地下のシェルターに避難しました』

『えっ!!　君はいったい誰だ？』

「私は、この施設のメインコンピューター。アテナと言います」

なるほど。そういう事だったのか。大体の事情は解った。しかし……

『ではアテナ、この施設は何の目的で造られた？』

「この施設は国際宇宙開発機構（ＩＵＤＳ）の一部門として今から約三十年前に設立した国際惑星探査開発センターです。目的は、地球型の太陽系外惑星の探査と開発です」

『中々、シビアな所だな』

「シビア!?」

『いや何でもない。ところで、ここのスタッフは全員シェルターに避難したと言ったが、それはなぜなんだ？』

「ウイルスの感染から身を守るためです」

『ウイルスだって？』

「リブズウイルスと呼ばれているものです」

『どんなウイルスなんだ？』

「人間の大脳を破壊する、きわめて感染力の強いウイルスです」

『……ではシェルターの人達と交信は可能か？』

「可能です」

『呼び出してくれ』

「了解」

これで少しは気持ちが落ち着くだろう。もうすぐ全ての謎が明らかになるのだから
……


その頃、ある所では天体観測に余念のない者達が宇宙の彼方での異変に気付いたようだ。

『おい！　ちょっとこのデータを見てくれ』

『何だ。どうかしたのか？』

そこへ上司らしい者が現れて……

『あっ所長。実は、かねてから観測中のこの恒星系からの電波がこのところ減少の一途をたどっています。このままいけば数日の内には許容レベルに達するものと思われます』

『なるほど。これは素晴らしい。早速、連絡だ。評議会を招集してもらうように』

『了解』


『アテナ、シェルターの人達との交信は？』

「交信不能です」

『どういう事だ!?』

「チャンネルをオープンにして全室に呼び出しをかけましたが、応答がありません」

『……どうも埒があかないな。アテナ、シェルター内、全室の映像を出してくれ』

すると又、先ほどのようにいくつもの部屋の映像が目の前に広がった。

『そ、そんな……。アテナ、これで全部か？　部屋以外の場所も全部見せてくれ』

今度は通路やリクリエーション施設、果てはトイレの中までが映し出された。しかし、そこには無数のミイラ化した死体が累々と横たわっていた。

『何と言う事だ！』

再び沈黙の時が流れてゆく……


『えー皆さん。このたびは急遽お集まりいただき、誠にありがとうございます。さて、かねてより我々が継続的に観測しておりました恒星系の一つが先日、遂に許容レベルに到達いたしましたのでここに報告するものであります』

『なにっ！』

『おおっ！』

『ウーム……』

『ザワザワ……』

『静粛に!!』

『私は、この惑星探査プロジェクトの代表として直ちに探査計画の発動を要請するものであります』

『オー！』

『素晴らしい』

『異議なし』

『ザワザワ……』

ここは某所にある会議室だ。先ほど天体観測に従事していた者達の連絡で、評議会が招集されたのだ。今は、その最中である。

『静粛に！』

ここで、議長と呼ばれているものがおもむろに語りだした。

『解りました。では技術セクションに宇宙船の用意を、技能セクションには探査スタッフを調達する事を命じます』

『了解しました議長』

『了解です』

『これでよろしいですね。賛成の者は起立して下さい』

出席者全員が起立し、いよいよ探査計画が発動しました。

『私は今まで地下のシェルターに私の体があって、そこから何らかのシステムによって上の施設の様子を見ているのだと思っていた。しかし、そのシェルターの実情を見た今、その考えは完全に間違いだった事が解った。でも誰か一人でも生存していたならば私の事を含めてこの状況の事、全てを聞けたのだが……アテナ！』

「はい」

『私は、いったい誰なんだ？　教えてくれ……』

「あなたは、ＦＴＣ０６ＡＩ。アンドロイドです」

『ま、まさか……そんな……』

一瞬、目の前が暗くなる感じがした。最初にこの事を聞かされたなら冗談も休み休み言えと気にもかけなかった所だ。しかし、あのシェルターの惨状を見た今、信じざるを得なかった。

『でも、私は今まで当然のように人間だとばかり思っていた。記憶こそないが、私には自我や理性、意識というものがあると思う。どうだろうアテナ』

「今までの会話から判断しますと、確かにそのとおりだと思われます。しかし、あなたはＡＩセクションにあるアンドロイド。その人工頭脳からのシグナルが、私とリンクしている状態にあります」

『何という事だ……ではアテナ、君とのリンクを絶てば私の意識はそのアンドロイドの体に戻り、要するに目覚めるという事なのか？』

「はい」

『……私のボディーを見せてくれ』

「了解しました」

すると、今まで見た事がない部屋が見え、その奥の一点が徐々にクローズアップされてゆく……そこには透明なケースに収まった若者が、つい今しがた寝入ったかのような表情で横たわっていた。

『すごい!!　人間そっくりだ』

性別は不明。ただ奇妙な事に、人間で言うところの頭部に、なぜか帽子のようなものが付いている。そこから何本ものコードらしいものが、近くの装置に接続されている。よく見ると、体のあちこちからも。

しかしシンプルで均整のとれた美しいボディーだ。

『アテナ！　もし、君とのリンクを切った後に又、君と何らかの意思疎通を行う事は可能か？』

「その場合は声に出してお話し下さい。音声認識機能により確認します。私からは全方向スピーカーにより、やはり音声にてお答えいたします」

『でも声が出なかったり、動けなかったりしたら……』

「その時は、私のセンサーがそれを感知し、再びリンク機能を再起動いたします」

『アテナ、私はこの施設の外を見てみたいんだ。実際に動き回り、町や国、そして世界がどうなっているのかその現在を確かめたいんだ』

「コンピューターネットワークにより、おおよその状況を知る事が出来ます。調べますか？」

『いいや、まず私を起動させてくれ』

「了解」


『議長！　船の準備が整いました』

『議長！　クルーの準備が整いました』

『ご苦労。で、出発はいつになりますか？』

『明日にでも』

『では、これより関係者を集め、明日、セレモニーを行う事にしましょう。詳しくは、後ほど』

『では失礼いたします』

『失礼いたします』


一瞬、意識が遠のき再び気がつく。

（ん……瞼が重い）

目を覚まし、あたりを見回す。次いで体、手、足を実感する。すると、体から伸びているコードのようなものが一斉に外れてゆく。そしてあの心地よい声が空気を伝わって聞こえてきた。

「私の声が聞こえますか？」

『……あ…あ、聞…こえ…る』

その声はかなりかすれていて、お世辞にも心地よい響きではなかった。

「では、手足を動かして起き上がって下さい」

『ず…い…ぶん簡単に…言うが、思うように体が…動か…ない』

「だいぶ人間らしい声になってきましたね」

『……コンピューターの…くせに感想も言うんだな』

「……」

『よしっ！　何とか立ち上がったぞ。…そうだなぁ…何か着るものはないか？』

「しばらくお待ちください」

すると、どこかで何かが動き始めたような音が聞こえた。時間にして五分位だろうか自動ドアが開き、何かが部屋の中に入ってきたようだ。まだ私の視界には入らないが、やがて……

「お待たせしました。あなたの服をお持ちしました」

『アンドロイド……か？』

「そうです。彼が今後、あなたのお世話をいたします。大抵の事は出来るように造られていますので、何なりとお申し付け下さい」

　アテナが答えた。

『ありがとう…と言っておくべき、かな』

「どういたしまして」

　このアンドロイドは少し旧式のようで、二足歩行ではあるが複雑な動きは難しそうだ。

『アテナ、このアンドロイドの名前は？』

「セバスチャンです」

　なるほど。そのまんまだな。

『少し言いづらい……セスでどうだ？』

「了解」

　そしてセバスチャン、いやセスが……

「承知しました」

『ではアテナ、現在のおおよその世界の状況を教えてくれ』

「現在、世界は……静かです」

『?……どういう事だ！』

「世界の一九七か国に向けて定期的にアクセスしていますが、経済活動は一切行われていません」

『そんなバカな!!』

「しかし、事実です。一か月に一度、世界中のコンピューターとアクセスするよう命令されていますので間違いありません」

『では、世界の人々が全員、田舎に住んで自給自足で暮らしているとでも言うのか?』

「私は事実をお答えしたまでです。それ以上の事は推測の域を出ません」

『……物流がまったくない……』

私は一瞬、あの地下シェルターの惨状が脳裏をよぎった。

『……まさか!?』

こうしてはいられない。一刻も早く世界の本当の姿を知りたい！　そう思った。

『アテナ、ここから一番近い都市のデータを……』

と言いかけて、まわりを見渡す。さまざまな装置の隙間からディスプレイらしき物が見えた。それを指さして、

『あのディスプレイに出してくれ。ただし私が、あそこまで行ったらと言う事で』

「了解」

ぎごちない足取りで歩き出す。私の記念すべき第一歩。と言うにはあまりに情けない。よろめきながらの歩みだった。たった数メートルほどの距離が何キロも彼方のような気がした。

二、生存者とスクリッター

『フーッ！　やっと着いたか……まてよ、私は人間ではないのに呼吸をするのか？』

「はい。空気中の酸素と体内の水素との反応により電気を発生させ、動力としています」

『小型の燃料電池か』

「そうです」

『爆発なんてしないだろうな』

「その点は心配ありません。安全対策は万全です」

『データを出してくれ』

「了解」

　天井まで約三メートルほどの部屋の壁、その三分の二ほどの大きさを占めるディスプレイに巨大な三つの塔が映し出されている。それは真上から見た時、ちょうど正三角形の頂点にそれぞれ林立しているように見えた。そのどれもが優に千メートル、つまり一キロメートルはありそうな高さで皆、円筒形をしている。更に、それぞれの塔に接するように螺旋状の道（透明なチューブ）らしいものが下から上へ二重に伸びている。まるで遺伝子のように。

『こ、これはいったい……』

「この地域の都市のひとつです」

『これが都市だって!?』

「そうです。この建造物で、一つの都市機能が納まっています」

『この都市の規模は？』

「高さは、地上から千二百メートル前後。人口は全体で約十万人です」

『他の都市も、こうなのか？』

「はい。しかし形は、さまざまです。ピラミッド型や四角柱、六角柱型などがあります」

『とにかく、そこへ行ってみよう。何か交通手段はないのか？』

「ジオトレインやジオシューターなどがあります。この場合、ジオシューターをお薦めします」

『それは？』

「ここの地下シェルターより更に下層（大深度地下）の交通機関です。私が手配いたしましょう」

『頼む。それからアテナ、君との通信用のアイテムか何かを持たせてくれないか？　ここを出たら今までのように会話する訳にはいかないだろうから』

「了解。セスに持たせます。そして彼に道案内をさせますので、同行をお薦めします」

『よしっ！　準備が出来次第、出発だ』


『え〜皆様、明日はいよいよ調査艦の出発です。関係者の方々におかれましては、大変なご苦労をおかけしました。かなりの時を経て、私共の使命である惑星探査に向かう事となりました。しかしながらクルーの皆様には、これからが本当の苦労となる事でしょう。それでは皆様方、クルーの方々に対し盛大なるエールを！』

『任務遂行…任務達成…オー…ワー…』

『議長、いよいよですね』

『そうですね天体観測部代表』

『いやですねぇ議長。天体観測部代表ではなく、天体観測部門代表ですよ』

『そうでしたね、失礼。ところで今回、我々が探査に向かう星は何と言いましたかね』

『聞いていませんでしたか？』

『はい』

『あの星からの電波を解析した結果、彼らの言語で〝アース（地球）〟と呼ばれている星です』


――ピピッ。私は今、ディスプレイに映し出された建物の内で、一番手前に位置する巨大な塔の一階に居る。そこの広いフロアの一角に、天井から吊り下げられたディスプレイ（モニター？）があり、それを見上げている。

「ようこそ。つくば第一ビルシティーへ。私はメインコンピューターの……」

ここで突然、音声が途切れ、中年男性の姿がディスプレイに映し出された。そして
…

「私は、このビルシティーの代表で市長の鷲尾《わしお》太礼《たいれい》と申します。改めて〝ようこそ我がつくば第一ビルシティーへ〟ここは私の家も同然。解らない事がありましたら何なりとお尋ねください。懇切丁寧にお答えいたします」

『あっ！…あなたは人間？　今、どこに居るのですか？　私は、やっとここまで来ました。今この瞬間まで、まともな人の姿を見た事がありません。お会いして、もっと

いろいろな事を聞かせて下さい。この都市の事、いや世界中の事についてあなたの知っている全てを……』

「まぁーまぁー落ち着いて下さい。まず私ですが、私は今ここにいます」

『……どういう事ですか？』

「つまり私は、この映像が本体なのです」

『――それってまさか……』

「そう、私は鷲尾太礼と言う人物のデータ映像です。あなたの期待に添えず、申し訳ありません。しかしながら彼の記憶や性格、人間性まで全て受け継いでいます。実体こそありませんが、私は彼そのもの。いえ彼自身なのであります……云々」

『そうですか……よく解りました。で、ここの人達は？　まさかとは思いますが…』

「残念ながら、そのまさかです。生存者は、おりません」

『何と言う事だ！　世界はいったいどうなってしまったんだ』

「それは私や、ここのコンピューターにも解りかねる問題です。しかし、あなたは生きてらっしゃる」

『それは少し違うと思いますが……さて、これからどうしたものか』

「私に一つ提案があります」

『と、言うと？』

「ここの三〇一階に、フロア全体を使ったエアステイションがあります。規模はあまり大きくはありませんが一部、重力制御が可能な乗り物、Gシューターが四機あります。エネルギーは電波で補給されますので理論的には、これで世界中どこへでも行けます」

『一つ疑問があるのですが』

「どうぞ」

『そのエネルギー源はどこに……』

「ご存知ありませんか？」

『実は私、記憶がないんです』

「そうですか。では説明させて頂きます。現在、地上で使う電気の約四割は宇宙から電波の形で送られてくるもので賄《まかな》っています」

『どういう事ですか？』

「地上、三万六千キロメートルの静止軌道にある、巨大なソーラー発電プラントからのものです。太平洋、大西洋、インド洋の上空に計五つあります」

『そうですか。でもそれで世界の四割……他には？』

「世界中の砂漠には太陽熱発電と太陽光発電プラントが設置され、アイスランドや日本、それにロシアのカムチャッカ半島などの火山地帯には大規模な地熱発電所。更に水力、風力、波力などを利用した発電施設が……」

『解った。ありがとう。ではそのエアステイションへは、どう行けばいいのですか？』

「そこに居るアンドロイドに情報をインストールしますので近くの壁にあるソケットをご利用ください。他に何か？」

『エアステイションでもあなたと連絡はとれますか？』

「もちろんです。行っていただければ解ります」

　横を見るとセスが壁のソケットに自身のコードを差し込んでいる。

「しかし、このカタストロフィー（破局）の中、よくご無事で」

『私にもよく解らないのですが、気が付くとある研究所に……まァ、機会があったらお話しします』

「インストール終了しました」

　突然セスが口を開いた。

『ＯＫ。案内してくれ』

「ではまた後程」

数分後、三〇一階に着くとそこはドーム状になっている最上階だった。

『なるほど。屋上か……だろうな、エアステイションと言うくらいだからな。さて……と』

見渡すと、野球のグランドほどの広さの弧の内側に、数十機もの飛行機らしい乗り物が並んでいる。

「どうです？　壮観なものでしょう」

声の方を見ると、左上方の天井から例のディスプレイが下りてくる。既にその画面にはあの鷲尾さんの姿があった。

『そうですね。で、私にお薦めのGシューターと言うのはどれですか？』

「右奥の赤いライトが点滅している機体です」

『ちょっと待って下さい。乗員は私と、このアンドロイドのセスだけです。それにしては大きすぎではないですか？』

「まァ、まァ、そう言わずに。大は小を兼ねると言いますし、それに様々な便利機能も付いています。ここはひとつ大船に乗った気分で私の顔を立てて下さい」

『確かに大船ではあるけど……それはそうと私にも操縦、出来ますか？』

「もちろんです。このGシューターは操縦者の言う通りに動きますので問題ありません。もし解らない事がありましたら聞いて下さい。よろしいですか？」

『聞いて下さいって誰に……ですか？』

「もちろん私に、です」

『と言う事は……』

「私も一緒です。何か問題でも？」

『いえ、何も』

しかし、ふと上を見ると、透明なドームの向こうに星が瞬いていた。

「おっと、これは失礼。もう夜ですね。では出発は明日にしてはいかがですか？　夜間の飛行は、さすがにお薦め出来ませんから」

『……』

「そうそう、この下の階は宿泊施設になっております。どの部屋を使っていただいても結構ですので、是非ご利用下さい」

本来なら、私は人ではないので眠ると言う事はないのだが、今の私は人間であると言う自我からか、ごく自然に機能を停止させ眠った。このまま目覚めなくても良いとさえ思った。が、しかし光を感知したのか翌朝、目覚めた。つまり再起動した。

『ン～……ハァ。結局、これが現実か』

「おはようございます。ご気分は、いかがですか?」

『やァ、セス。おはよう。気分は、きのうと同じ……と言いたいが、少し体も頭も重い感じだ』

「では、これを摂取して下さい」

『これは?』

見ると、テーブルの上に水とヨーグルトのような物が、食器に入れられて並んでいた。

「水、それに身体機能を維持する上で必要な流動物です」

『——何か、まずそうだな』

「ご心配なく。あなたには、味覚がありませんので」

やはり、夢ではないようだ。三〇〇階のビルの窓から差し込む朝日は、とても眩しい。するとセスが持ってきたバッグの中からサングラスと、何か小さなアクセサリーのような物を取り出して私に差し出した。

「こちらはサングラス。これはイヤリングです。どうぞお着け下さい」

まず、ヨーグルト?と水をいただいてサングラスをかけてみた。さすがにピッタリだ。柄の部分に何か、スイッチがある。

『これは何？』

「赤外線を感知するためのスイッチです。暗い所でも物を見る事が出来ます。特に動物の有無を知るのに便利です」

『なるほど……で、こっちは？』

と、イヤリングを指差す。

「まず装着してみて下さい」

ぎごちない手つきで何とか取り付けた。

『さあ、説明してもらおうか？』

「これは私との通信機です」

『えっ!!』

そのイヤリングから突然、懐かしい声が……

『アテナ!?』

「はい」

『中々、粋な事を……』

「粋ですか？」

『いや何でもない。ありがとう』

エアステイションに行き、例のGシューターに近づくと……

「何か小型の動物が近づいてきます」

セスが言うやいなや「ワン・ワン」と言う鳴き声が聞こえた。その声の主は、すぐに私の足元に。

「おはようございます」

鷲尾さんが、ディスプレイ画面の中から挨拶をしてきた。

「ご気分はいかがですか?」

『鷲尾さんおはようございます。気分は、まァまァです。しかし、早々に聞きたい事が出来ました』

そう言いながら足元で尻尾を振っている犬を見つめる。

「ああ、その犬の事ですね。彼は、このエアステイションの検疫犬です。正確には彼の二代前まではそうでした。しかし……」

『しかし今は何も届かないので、検疫はしていない』

「そうです。しかしながら彼の面倒は、セスさんのようなアンドロイドが現在も行っています」

『動物を見たのは初めてです。頭では理解していても実物は……いいものですね』

ひざまずいて、犬の頭を撫でると、そのお礼とばかりに私の顔を舐めてくる。思いっきり尻尾を振りながら。そこへ一体のアンドロイドが近づいてきた。

『申し訳ありません。私は、この犬の世話係でケリーと言います。あなたは？』

『私は……』

答えに困ってしまった。まさか、ＦＴＣ０６ＡＩなどとは言えなかった。

『記憶が、ないんです……』

「そうですか。それにしてもご無事で何よりです……これからどこかへ行かれるのですか？」

『あては、ないのですが』

「お一人で、ですか？」

『このアンドロイドのセスと一緒です』

「そうですかお気をつけて」

『ありがとう……さあ行こう出発だ』

「待って下さい！」

『鷲尾さん！　何ですか？』

「私に提案があります。その犬とケリーを同行させてはいかがでしょう」

『それは何故ですか？』

「私、実は昨日あなたがエレベーターでここに向かっている間、アテナさんとお話をさせていただきました。研究所と言えばこのあたりでは一か所ですから。そこにアクセスしてみた結果です。あなたも人間ではなかったのですね」

『知っていましたか』

「はい。そこで急遽、Gシューターを変更させていただきました。お薦めは鷲尾、いや私の自家用機だったんですけどね。スピードも出るし、カッコイイ！」

『ハハ……』

「でも、これです!!」

『何故ですか？』

「あなたのメンテナンスを、行わなければならないからです」

『メンテナンス……ですか』

「ここからは、私が説明いたしましょう」

『アテナ！』

「あなたに限らず、この星にあるどんな優れた創造物も、生物のような代謝機能を備えた物はありません。それ故の、メンテナンスです。あなたの場合、七日に一度はメンテナンスを受ける必要があります」

『なるほど……で、この犬とアンドロイドを同行させる理由は？』

「この地球上には、人が造り出した様々な化学物質が沢山あります。そういうものから、あなた自身を守るため、犬の嗅覚が必要であると判断したからです。残念ながらあなたには、この能力は殆ど備わっていません」

『かなり不便なんだな』

「しかしながら基本動作は、殆ど人間と同じになるよう出来ております」

『まァ、それだけでも良しと思わなければ……な』

　この会話の間に、セスが出発の準備を済ませていた。

「さあ、どうぞこちらへ」

　見ると、コクピットらしくない、ゆったりとした座席。そこに座らせられ、その後ろの客席と思われる所にセス、ケリーが座っていて、その横におとなしく、例の犬がお座りをしていた。コクピットの備え付けのディスプレイ画面には、鷲尾さんが見える。どうやら、このメンバーが、今の私にとってのファミリーのようだ。一人ではないと言う安心感のようなものが込み上げてきた。

「少々、お待ち下さい。今、気流に合わせてこのフロアを回転させておりますので」

と、鷲尾さんが喋りだした。私は、ふと不安な表情を浮かべると、それを鷲尾さんは目聡《めざと》く察知して……

「ご心配には及びません。離陸は私が行います。そののち、あなたは行き先を指示して下さい。よろしいですね、では発進します」

こんな話をしている間に回転は終わり、天井のドームが開きだした。すると、いつエンジンがかかったのかGシューターは音もなく浮上しはじめ、この建物の斜め上空三十メートルほどの所に移動した。

『研究所で見た映像と、そっくりだな。しかし、かなりの迫力だ』

「では、行き先をどうぞ」

『東京へ。そこの一番大きな建造物、もしくはこの国の代表者と話の出来る所へ』

「了解」

いきなりの急加速。しかし機内には何の影響もない。

『鷲尾さん』

「はい何でしょう」

『窓の外は物凄い速さで移動しているように見えるのに、ここは全く……その……Gを感じませんが』

「Gシューターは初めてなのですよね。無理もありません。この機体は自動制御で、室内の慣性をコントロールしていますので、何の影響も受けないのです」

『慣性?』

「つまり、あなたの言う所の……Gです」

『……』

「間もなく到着します」

眼下には巨大なピラミッド型の建造物。それが徐々に近づいてくる。ピラミッド型と言っても一つの建物が、ピラミッド型に造られている訳ではなく、巨大なフレームが大小さまざまな建造物をピラミッド型に覆っているのだ。しかし、その大小の建物もそれぞれがとてつもなく大きな規模で林立している。後になって解った事だが、この建造物全体がフレームごとゆっくりと回転しているのだそうだ。まったく呆れ果てたテクノロジーだ。


『航海長!』

『何でしょう艦長』

『我々の目的地である星、確か惑星アースでしたかねぇ』

『はい』

『あとどれくらいかね？』

『まだ全体の、四分の一ほどです。距離にしてあと、およそ三十光年と言った所です。この光年と言う単位は彼らアース人の距離の単位でして、光の速さで三十年かかると言う意味です。尤も、これは彼らの惑星の公転周期を基に計測された距離でして我々の使用している宇宙距離よりはずっと使い勝手が良いので、私はもっぱらこの距離の単位を使用しています』

『――そうか』

『ちなみに私の部下の間でも…』

『解った。頑張ってくれたまえ』


私は、エアステイションから案内に従ってメインホールへと進んだ。

「ようこそ東京第一メインビルシティーへ。私は、この国の代表を務めています堀田幸厳《こういつ》と言う者です。お話は鷲尾氏から伺っております。斯《か》くいう私も彼と同じ残像にすぎませんが、どうぞお見知りおきを」

『丁寧なご挨拶ありがとうございます。あなたがディスプレイの中から出迎えられたと言う事は、ここでも……』

「はいおっしゃる通りです。ここや、つくばに限らずおそらく日本中が同じ状況にあると思われます。ネットで調べたかぎり、生存者は確認出来ません」

『一つ伺いたいのですが、おそらく日本中では何百と言うビルシティーがあると思うのですが、そのどれもがここと同じように何と言いますか、自動システムのようなもので維持されているのですか？』

「その通りです。ですから大凡《おおよそ》の日本、そして世界の状況が解るのです」

『では今、世界中のビルシティーの状況も……』

「はい。承知しております」

『で……では？』

「残念ながら、あなたの思われている通りの世界です」

『……』

「しかし、世界にはビルシティーとは別にネット外の施設が、いくつも点在していいます。あなたが目覚められた研究所や広大な農業プラント、世界遺産などです。これらは独自の管理システムにより、運営されていますので、あるいは……」

『解りました。では、そういう施設を訪問してみましょう。ちなみに、堀田さんが最も生存者が居ると推測できる場所は、どこですか？』

「そうですね……千葉県にあるアカデミアパークでしょうか。ここには遺伝子やウイルスなどの研究施設がありますから、或いはその中のどこかに……」

『早速、行ってみます。ありがとうございました』

すぐにGシューターに乗り込むと、アカデミアパークへ。例によって、アッという間に到着。数ある施設の中から最も規模の大きな〝かずさ遺伝子研究センター〟と言う施設に下りてゆく。そこは、いくつもの建物から成っていて、それぞれの建物から緑色をした半透明のチューブが伸びていて、建物同士を繋《つな》いでいる。チューブの直径は三メートルほどだろうか。どうも、これが一種の移動装置らしい。そして、このチューブが集中している建物が見える。私は、この建物の傍《かたわ》らにGシューターを着陸させた。入り口で、ここのコンピューターに用件を問われた。

「所属とお名前をお答え下さい」

『所属はありません。名前は……』

名前を何と答えるべきか躊躇《ちゅうちょ》していると……

（ロックとお答え下さい）

『アテナ！』

（後ほど、説明いたします）

「お名前は？」

『ロック』

「……承知いたしました。どうぞ、お通り下さい」

　歩きながらアテナに事情を聞くと、私にしか聞こえない音声で次のように説明してくれた。

「あなたの正式名称は、ＦＴＣ０６ＡＩと言いますが、これをそのまま行く先々で名乗ると、人にしてもコンピューターにしても不都合な場合が多いと思われるため、この名前を使用する事をお薦めしました。この後、さまざまな施設ごとのセキュリティーに悩まされる事になると思い、私が手を打っておきました」

『さすがだな。しかし、そのロックと言う名は？』

「あなたが完成した当時、起動スイッチを入れても、まったく反応しませんでした。その後、徹底的なチェックが行われましたがやはり起動しませんでした。この頃から、あなたはロックと呼ばれるようになりました。何をしても石のように動かなかったからです。システムには何の欠陥も見出す事は出来ませんでした。なので、更なる改良を加えようとしていた矢先、ウイルスの蔓延による避難。そして……」

『解った。ありがとう』

そして私は、いくつもの殺菌や除菌、消毒の為の小部屋を通り抜けてメインホールへと進み出た。

「ようこそ。かずさ遺伝子研究センターへ」

声の方を見ると、やはり大きなディスプレイの中の、人物が挨拶をしていた。

『代表の方ですか?』

「はい。朝生真魁《あそうしんかい》と申します」

『本人ではなくディスプレイの中からの挨拶という所を見ると、ここでもやはり…』

「残念ながら、その通りです」

『もうこの世界には、生存者は誰もいないのでしょうか?』

「それは私にも解りません。ですが…」

『ですが?』

「私の記憶バンクの中に、興味深い施設の名があります。それは、アメリカのアリゾナ州にあるバイオスフィア3と言う施設です」

『バイオスフィア……』

「どうか致しましたか?」

『バイオスフィア……どこかで聞いたような気がする』

「と、言いますと……」

『ちょっと待って下さい――アテナ！』

「はい何でしょう？」

『私の記憶バンクの中にバイオスフィアという言葉に関しての情報はないか？』

少し、間をおいて……

「ありません。そもそもあなたの記憶自体、現在の人間の生活を基盤に支障なく活動出来る最小限の情報しかインプットされていません」

『そうか……ありがとう』

「どういたしまして」

『では、いったいこの感覚は……』

「よろしいですか？」

『あっ、朝生さん……はい』

「では、バイオスフィアについて説明いたします。二十世紀末に建設された密閉空間型建造物です。映像で説明いたします」

そう言うと、朝生さんの映っているディスプレイに、透明なガラスで覆われた建物が代わって映し出された。ちょっと変な表現だが、角張ったドーム状の建物といった感じだ。

「この建物の中に植物を配し小さな山、川、湖、砂漠など地球上の七つの生態系を再現した言わばミニ地球と言った施設です」

『そう……確か当時、男女七……いや八人が二年間、この中で生活したという実験記録がある』

「そうです。その通りです。よくご存知ですね」

『いや、何故かそんな気が……』

「考えられません！」

突然、アテナが会話に割り込んできた。

『アテナ!?』

「あなたに、そのような知識があるはずはありません。しかし、インプットミスなどでもありません」

『ではいったい何故、こんな事を知っている？』

「解析不能！」

「……よろしいですか？」

『あっ、すみません朝生さん。お話の途中でしたね。どうぞ』

「バイオスフィア2が二十八年前に改築され、約十ヘクタールの広さになりました。そして又、実験が行われたと言う情報が入っています。しかし、これはネット上の非公認な情報ですので詳細は不明です」

『なるほど。もしかすると、その中に生存者が居るかも知れない。そういう事ですね』

「そうです」

『行ってみる価値はありそうだ。ありがとうございます』

と、いう訳で私は又あのとんでもない乗り物へと戻り、空へ。


『艦長』

『どうした？』

『惑星アースまで全行程の約三分の一の所まで来ました』

『そうか。すると、もう少し行くと連絡がとれるな。楽しみだ』

『連絡と言いますと、本星からですか？』

『ん？――そうか、知らされていないのだな』

『どういう事でしょう？』

『先行調査隊からの連絡だ』

『先行調査隊ですって!?』

『そうだ』

『しかし電波観測の結果、我々が最初の調査飛行へと飛び立ったのでは？　それに、あれほど盛大なセレモニーもあったではありませんか』

『表向きはな。そもそも植民星探査計画が発足した当時、その候補に挙がった星を、いきなり今のような調査艦で送り出すなどと言う無謀な行為はしなかったと言う訳だ』

『では我々、技術者には何も知らされる事もなく秘密裏に先行調査隊を出していたと言う事ですか？』

『そうだ。君らには悪いが、これは総括議長じきじきの特命で行われてきた事だ。知る者は多くないだろう』

『かなりショックです。我々が最初の惑星アース調査隊だとばかり思って……皆、すごく張り切って乗艦していますよ。この事が知れたら私の立場、ないですよ艦長！』

『すまんな。いきなり我々が、と言う訳にはいかなかったのだ』

『――ところでアテナ、バイオスフィア3が最近、使用されたと言うのは本当なのか?』

「はい。事実です」

『もっと詳しく教えてくれないか?』

「バイオスフィア2、改築されバイオスフィア3となりましたが、その目的は長期の宇宙旅行もしくは、別の惑星上で植物が生み出す酸素と食糧とを以て、人間がどの程度生存出来るのかを実験する為に造られた施設です。これは、あなたを創った組織の仕事です」

『すると私の製作と、バイオスフィア3の実験とは同じ目的のために行われたと……』

「その通りです」

『これはますます行って、確認してみなければならないようだな』

北米はアリゾナ州に、それはあった。半分、砂漠化した荒野に巨大な透明の建物が八つ見える。それらの端に、透明ではない一回り小さな建物が一つ見える。それぞれの建物同士は、例のチューブ状の道で繋がっている。思うに、その端の建物が入り口。もしくはコントロール施設なのだろう。私達は少し離れた所に着陸した。夕陽に照らし出された硝子が美しく輝いている。

今日はGシューターの中で一泊して明日の朝、端の建物に向かう事にした。

『ケリー』

「はい。何でしょう」

『この犬、名前は何て言うんだい？』

「イーグルです」

『――犬、なのに鷲ですか』

「ええ。何でも大昔の戦闘機の愛称だからだそうです」

『ハハ～ン、名付け親は鷲尾さんですね』

「そうです。正確にはイーグル三世です。この子で三代目ですので」

そう言うと、今しがた出したドッグフードを彼は、美味しそうに食べ始めた。

『さあ、今日はもうすぐ夜です。あの中に入るのは明日にしてこの機内で一晩、泊まる事にしましょう。いいですね』

「了解」

「解りました」

セスとケリーが、同時に答えた。イーグルは相変わらずドッグフードを食べている。

『ツ、ツツー……こちらアース星域先行調査隊。惑星アース調査艦、応答願います。聞こえますか？』

『艦長！』

『おお、やはり通信が入ったか。我々の現在位置と到着までの所要時間などを知らせてやれ』

『了解』

『ところで艦長』

『なんだね、航海長』

『私は、だいぶ前に聞いたある事を思い出しました』

『ほほう、それはどういう事かね？』

『実は我々のマスターが文明を謳歌していた頃、彼らが一度だけ別の恒星系に進出していたと言うのです』

『それは私も聞いている。まさかこの惑星アースが、その時の星ではないかと言いたいのかね？』

『まさかとは思いますが……』

『もしそうなら』

『もしそうなら？』

『すぐにでも、植民星に出来るではないか。手間が省ける』

『そっちの方ですか!?』

『他に何か……？』

『もしそうなら我々のマスターとの共通の文明形態だった可能性があります。そして何故、滅びたのか調査する意義は充分あると思います』

『なるほど。まぁ、それも含めて調査に来たのではないのか？』

『そうでしたね』

『それに、もしそうだとしたならば植民星に相応《ふさわ》しいという結果を本星に知らせれば任務は完了だ。何の問題もない』

『本当にそれで良いのでしょうか？』

『良いのだ！』

『……』

『……アテナ、聞こえるか？』

「はい」

『明日は、いよいよバイオスフィア３に入ってみようと思うのだが……もし、ここにも生存者が居なかったら……つまり地球には、もう誰も生き残っていなかったら私はどうしたら良いのだろうか？』

「それは、どういう意味ですか？」

『人は、一人では生きられない。本当の孤独の中では、人は耐えられないと言う』

「それは人間の事であって、あなたの事ではありません。しかしながら、あなたの中の自我がそのように思わせているのですか？」

『そうかも知れない。でも、それ以上に私は私を造った知性に会ってみたい。そして聞きたい』

「何を、ですか？」

『なぜ、自身の複製をマシーンと言う形で造ったのか。今となっては、その当事者に会う事は出来ないのだが……』

「解りました。つまりあなたはもし生存者が居なかった場合、人間を復活させる事は可能なのかと聞きたいのですね？」

『――そうだ』

「では、お答えします。それは不可能です」

『えっ！　この世界の進んだテクノロジーを以てしても不可能だと？』

「はい」

『でもバイオテクノロジーは素晴らしい技術を持っているし、精子バンクは世界中にあるはずでは？』

「確かに、その通りです」

『では、何故？』

「人工胎盤が無いからです」

『それは、リブズウイルス以前にはあったが今は無い。と言う事なのか？』

「いいえ、最新の技術でも完全な人工胎盤は造り出せなかったのです」

『そ…そんな……』

「胎盤とは、胎児への栄養供給や呼吸作用などを行う器官ですが、このシステムを人工的に再現させる事が出来ないのです」

『……』

「生命とは、まだ完全に解明されてはいないのです」

『という事は、もし生存者が居たとしても男性だけではいずれ絶滅してしまう……

と』

「はい」

『私は、人間を復活させたい。そして、この素晴らしい文明を築き上げた人間をもっと知りたいのさ』

「……」

翌朝、明るくなると起きだして体の機能をチェックする。昨日は気づかなかったのだが、眠っている間にセスが私のエネルギー（電気）をチャージしてくれていたようだ。

『さあ、では行ってみよう。皆、準備はいいか？』

「準備……ですか？」

「何の準備でしょう？」

『何のって、出掛ける準備さ』

「大丈夫です」

「問題ありません。イーグルも元気です」

『――フゥ、では行きましょう』

私達のGシューターは、ドームの端に立つ建物から約三十メートルの所に着陸している。天気は良好。風も殆どない。しかし……

『こうして見てみると、あそこまでは大分、遠いな』

これが私にとって初めての遠足となった。他の二人、いや二体は何でもないというように歩いてゆく。私の足取りは、まだぎこちない。ようやく端の建物に到着すると、やはり入り口では監視モニターとセンサーが、私達を捕捉していた。

「フー・アー・ユウ？」

『私はロック。ここを通してくれ』

「――――了解。どうぞお入り下さい」

どうやら、アテナが手を回してくれたらしい。入ってすぐの、ホテルのロビーのような部屋の受付に人の姿はなかった。そして……

「少々、お待ち下さい」

どこからか、そういう声が聞こえた。しばらくすると奥のドアから誰かが入ってきた。

『まさか……』

サラリーマン風の男女とおぼしき二人が、近づいて来る。よく見ると、人間そっくりのアンドロイドだ。

『なるほど』

「はじめまして。用件は伺っております。遠路はるばる、ようこそバイオスフィア3へ。私は、ここの管理を行っているアンドロイドでリードと言います」

男性型のアンドロイドが挨拶をし、更にもう一体の女性型のアンドロイドも。

「私は、カレン。主に情報・通信の処理を行っています」

『私は、ロック。こちらは、セス。そしてケリー。早速ですが、ここに誰か生存者は居ませんか？』

「居ます」

『えっ！　今、何と……』

「ですから、ここに生存者が居るのです」

『ほ…本当ですか？』

「はい」

『是非、会わせて下さい！』

「直接、会う事はできません」

『あっ……リブズウイルスですか』

「そうです。このウイルスは、大気中ならどこにでも存在していると思っても良いくらい広範囲に拡散していますので」

『では、どうして生存者が？』

「このドームのお陰です」

『詳しく聞かせて下さい』

「長くなりますが、よろしいですか？」

『お願いします』

「このバイオスフィア3は、二十八年前に改築されて現在の姿になった事は、ご存知ですか？」

『はい』

「では、その時からの事をお話ししましょう。改築の翌年に、滞在実験が行われました。ご存知かと思いますが、このドーム内で植物を育成させ、その光合成で発生した酸素で、人間が生活してゆくと言うシステムです。ですからドーム内と外界とは完全に遮断されているのです」

『なるほど。それで生存者が……』

「そうです。付け加えると、ドーム内の植物の大半は農作物です」

『そうでしょうね』

「はい。そして、その環境で生存実験が行われました。今から二十七年前の事です。人数は十五人、期間は四年、結果は満足のいくものでした。このデータを基に、火星でのバイオスフィア建設が始まりました。もちろんアンドロイドと建設マシーンによるものでしたが大変な難工事だったと記録されています。完成までに三年以上かかったそうです」

『それで、ここの生存者はいつ登場するのですか？』

「ですから長くなると……」

『そうでしたね。どうぞ続きを』

「その後、火星のドームで二年間、植物の育成が行われました。それもアンドロイドによるもので、ドーム内の酸素濃度が二十パーセントになり食糧の生産も軌道に乗った頃、地球から滞在実験スタッフが火星に向けて出発しました。スタッフは男性四人、女性三人の計七人。火星バイオスフィアの規模は三ヘクタール。地下施設も含めると約五ヘクタール。実験はトータルで二年八か月の予定で行われました。その期間中に、事件が起こりました」

『……と言うと？』

「それは、スタッフ同士が火星のドーム内で結婚した事です。そして任務も軌道に乗り、火星での生活にも慣れてきた時、地球から連絡が入りました」

『どのような知らせですか?』

「彼らが地球を発ってから三十九日目の二一二六年八月十二日、南極に彗星の一部が落下したというものです。スイフトタットル彗星です。勿論、事前に手を打って軌道変更プログラムは正常に作動しました。重力制御装置を使って彗星の軌道を変え、地球との衝突は回避出来ました。しかしその影響で、彗星の一部が剥がれたのです。ですが、当初はその事に誰も気づきませんでした。彗星の尾に隠れていたからです。気付いた時にはもう対処出来ませんでした。しかしながら落下地点が南極でしたので直接的な人的被害は、殆どありませんでした。でも大量の塵が成層圏まで舞い上がり、地球を覆いつくしました。太陽の光が遮られ、地球全体の気温が下がり始め、植物の成長が阻害されだしました。食物連鎖の根幹が崩れだしたのです。でも、それ以上に深刻な事態が発生しました」

『それは、何ですか?』

「リブズウイルスです」

『……』

「リブズウイルスが世界中に広がり、感染。しかし、この時点では誰一人この事に気付く者は居ませんでした」

『何故ですか？』

「症状が出なかったからです。リブズウイルスは感染から発症までの潜伏期間が二年もあるため、気付いた時には手遅れでした。有効な治療法を発見する事が出来ず、全滅に至ったものと思われます」

『何と言う事だ。で、感染源は……感染源は、どこなのですか？』

「おそらく南極」

『まさか……』

「彗星の落下により、舞い上がった塵の中に潜伏していたものと思われます。つまり、南極の氷の中か、その下。或いは、彗星自体に潜んでいて衝突の衝撃、もしくは熱でそれまで休眠していたウイルスが覚醒し、地球全体に拡散したものと推測されます」

『で…では、火星の方はどうなったのですか？』

「火星では、カップルの間に子供が出来た事が解りました。つまり妊娠したという事です。そのため、彼らは地球への帰還を延期しました」

『――――』

「その後、彼らは地球への帰還を断念する事になったのです」

『やはり、そうしましたか？』

「地球との交信が途絶えてしまったため、コンピューター回線にアクセスし、リブズウイルスの惨事を知ったからです。それと、もう一つの理由は」

『……？』

「女児を出産した親子が、数千万キロにも及ぶ長旅に耐えられるのか、という懸念です」

『そうでしょうね。それで彼らはどうなったのですか？』

「このままずっと火星で生きてゆこうとしました。しかし、火星の厳しい環境の中ではバイオスフィアといえども耐久年数には限りがありました。数年後スタッフ全員で議論した結果、地球のバイオスフィアに入ろうという事になりました。まず、バイオスフィア3の管理をしていた私達に連絡が入り、バイオスフィア内の汚染を徹底的に除去するようにとの要請がありました。ウイルスの排除です。ですが、改築当初からウイルスや病原菌などが排除された状態ですので、ウイルスが存在していない事を確認し、密閉度の強化やシールド機能の付加を行いました。その間に、彼らは地球に帰るための宇宙船の整備をしたそうです」

『そして、帰還した』

「そうです。この時、地球のバイオスフィアは改築から十九年。生まれた女児は六歳になっていました。地球に来た彼らは、このバイオスフィア3でリブズウイルスの研究に没頭しました。ワクチンの開発、もしくは無害化するためです。ちなみに、スタッフ七人はバイオスフィアの七つのドームに居住し、六歳の彼女には残りの一つのドームが宛てがわれました。彼らが、いかに彼女を大切に思っていたかが解ります」

『リブズウイルスの研究は、どうなったのですか？』

「三年後、ふとした不注意が原因でドームが汚染されてしまいました。リブズウイルスの侵入です」

『えっ！　で、では……？』

「その二年後、彼らスタッフは全員、死亡。幸い子供の彼女は感染を免れ、無事でした。それから四年後の現在、ロックさん！　あなたが、やって来たのです」

『話してくれて、ありがとうございます。では、その…彼女と話をさせて下さい』

「こちらへ、どうぞ」

そういうと、小さな通路を通り、明るい部屋へと入ってゆく。その部屋は壁や天井、全体が仄白く光っている。

『ここは？』

「面会室です。少々、お待ち下さい」

すると、案内をしてくれたアンドロイドが、何か目印のような小さな突起物がある壁に歩み寄り、手をかざした。そして……

「リードです」

そう言うと、しばらくして、

『はい』

若い女性？　の声がした。

「申し訳ありませんが、こちらに姿を現していただけませんか？」

『解りました』

すると突然、目の前で声の主と思われる女性が現れた。ハッ！　としたが、よく見ると等身大の立体映像だった。と、その女性と目が合った。

『あなたが、生存者…』

『はい。イヴ・クリストファー・中山と言います』

『私はロック。はじめまして』

『こちらこそ。よくご無事で……リブズウイルスを克服なさったのですね』

『いいえ、そうではありません』

『えっ！　では、いったい……？』

『私は、人間ではないのです』

『ええっ！……で、でも人間そっくり……本当に人間では？』

『人間では、ありません。ちょっと待っていて下さい。……アテナ！』

「はい」

『今の会話を聞いていたな？』

「はい」

『では、説明してくれ』

「彼……便宜上、彼と呼ばせていただきますが、彼はFTC06AIと呼ばれるアンドロイドです」

『あなたは、その……どこから話しているのですか？』

『彼女……便宜上、彼女と呼ばせてもらいますが、彼女はアテナ。私のサポートコンピューターです。このイヤリングから無線で、話しています』

『解りました……でも、どう見ても人間……では何故、こんなにそっくりなんですか？』

「今からおよそ、30年ほど前、宇宙航行システムに革命がおきました。次元間転移航法です。これにより従来の燃料噴射型推進システムでは到底、行く事が出来なかった近隣の恒星系を旅する事が出来るようになりました。しかしながら、いきなり人間が何光年もの旅に出て探査するには危険が多すぎるとの考えから人間そっくりのアンドロイドを造ってテストしてみる事になったのです」

『それで、あなた（ロック）が造られた』

「そうです」

『解りました。それにしても……』

「まだ何か、ご不明な点でも？」

『あっ、いいえ。そういう訳ではないんですけど』

『けど？』

彼女は、すかさず聞き返した。

『私は、火星で生まれて、このバイオスフィア３で育ちました。その時は確か、旧式の推進システムで、火星間を行き来していました。そう両親から聞いています。記憶が間違っていなければですが、そうするとアテナさんの話と食い違うのでは？　と思ったものですから』

『なるほど。——アテナ』

「はい。では説明します。先ほども少し触れましたが、次元間転移航法は異星人からもたらされた全く新しいシステムで、未だにその全ては解明されていません。とりわけ人体などの生体における影響は、データ不足という事もあり、安全な航行システムとは言えないのが現状です。それ故、現在でも太陽系内での航行は、従来の燃料噴射型推進システムを採用しているのです」

『そうですか。異星人からの……』

何を思ったのか目線が、どこか遠くを見つめているようだ。

『どうかしましたか？』

私は、好奇心という言葉の意味を初めて体験し、理解したように思った。私にとって初めて出会った人間の事が、何から何までもが気になり、知りたいとの欲求が、どんどん大きくなるのを感じた。この感覚こそは、好奇心と言うものなのだろう。

『いいえ。異星人とは、どういう人達なんだろうって……』

すると、アテナがそれに答えた。

「その当時、非公式ながら人類は九種類の異星人と交流がありました。一つは、二十世紀より噂のあったグレイと呼ばれる小人タイプ。他に、クラリオンと名乗る白人に、よく似た外見の種族や爬虫類タイプ。中には、身長四十センチメートルほどの超小人タイプまで様々です。彼らは皆、地球から数十光年、離れた星系から来たと主張していました」

『いました…と言う事は、もう彼らは？』

「既に、地球上から姿を消しています。おそらく、この事態を事前に知って彼らの母星に戻ったものと思われます」

『この事態と言うのは、その……』

「リブズウイルスの蔓延です」

『……』

そして、イヴさんは深い溜息をついた。それっきり黙り込んでしまった。そこで私はかねてから人間に聞いてみたかった事を、聞いてみる事にした。

『ところでイヴさん』

『はい』

『私は、あなたに是非とも聞いてみたい事があります』

『何でしょうか？』

『あなたがた人間は何故、アンドロイドを造ったのでしょう？　もちろん私が造られた目的である他の惑星の探査と言う理由以外でという事ですが』

『そうですね……私が思うに人には行けない場所に行き、人には出来ない事をしてもらう為に造ったのではないでしょうか』

『では、アンドロイドは人間の奴隷として造られたと？』

『最初は、そうだったかも知れません。でも私は、生まれてから今まで殆どアンドロイドに育てられました。そして感じました』

『何を、ですか？』

『彼らは奴隷ではなく、私達の友人として存在しているのだと』

『……そうですかよく解りました。ありがとう』

ここで彼女は、少し考えて又、話しだした。

『でも本当は、寂しかったのではないでしょうか』

『どうしてですか？　三十年ほど前までは、世界中で何十億という人が暮らしていたはずですが……』

『でも人間以外に、本当に解り合える存在があったでしょうか？　以前、接触していたと言う異星人でさえ本当には解り合う事が出来なかったのでは？…だからこそ事前にリブズウイルスの事を察知しながら防ぐ事もせず、姿を消したのではないでしょうか？』

『そうかも知れません』

『ある意味、人は本当の友情に飢えていたのかも知れませんね……』

既に太陽は、かなり西の低い所に移動し、ガラス張りのバイオスフィアのドームに反射し、独特の光をドーム内に投げかけていた。

『ロックさん、あなたは他のアンドロイドと違って…その…何てゆうか……』

『そうですね。私にもよく解りませんが、私には自我と言うか理性のようなものが備わっているのではと思うのですが、あなたから見てどうでしょうか？』

『私も、そう思います。だからあなたを見た瞬間、生き残った人が私を訪ねて来たと思ったんです』

『――――ところで、もう一つだけ聞きたい事があります』

『何でしょうか？』

『リブズウイルスについてです。あなたの両親とその友人達は、ここでずっと研究をしていたと聞きましたが……』

『はいその通りです。ですが、とうとうワクチンを作る事は出来ませんでした。というのも、このウイルスは弱体化するとその形や性質までもが変化してしまうため、ワクチンを作ってもそれは別の性質に変化する前のリブズウイルスのワクチンであって、変化したリブズウイルスに対しては何の効力も持たないと解ったからです』

『と言う事は、リブズウイルスのワクチンは作れないと言うのですか？』

『はい。残念ながら……しかし、研究記録の最後にこんな事が記されていました。

〔現段階ではワクチンを作る事は出来ないが、ウイルス自体を無力化する事は可能である〕と』

『どういう事ですか？』

『つまり人に感染する前の状態で、ある物質と反応させる事で無力化させることが出来るという事です』

『そんな事が出来るのですか？　私の記憶バンクの中に無い知識ですので』

『私も、そう思いました。でもシークレットテクノロジーと記されていましたので、もしやと……』

『……で、その方法とは？』

『内容を確認してみましたが、私には理解出来ませんでした。もし解っても、ここではそれを実行するだけの設備は無いと思います。残念ながら……』

『それでしたら私に考えがあります。その研究記録を私に譲ってもらえませんか？

何とかなるかも知れません』

『えっ！　それではリブズウイルスを撲滅できると？』

『おそらくは』

『解りました。では、研究記録をお渡しします。どうかよろしくお願いします』

すぐに彼女は、アンドロイドに何やら命じだした。

「お話の途中、申し訳ありませんが……」

突然、アテナが話しだした。

『アテナ！……何か問題でも？』

「実は、つい数分前、正確には九分四十六秒前になりますがソーラー発電プラントが次元間通信を傍受しました」

『何だ、その次元間通信というのは？』

「異なった次元を介して、何光年も離れた場所と瞬時に、通信する事が出来るシステムの事です」

『すると、そんなに遠くから何者かが、この地球の誰かと連絡をとったというのか？』

「そうです」

『それは以前、交流のあった異星人からのものですか？』

イヴさんが、すかさずアテナへ質問した。

「いいえ。おそらく別の何者かに、よるものです」

『何故、そう言い切れるんだ？』

「通信内容が、それを示唆しています」

『どういう事だ』

「では、翻訳したものをお聞き下さい」

〔……こちらアース星域調査艦。先行調査隊、応答願います。聞こえますか？〕

『こ……これはいったい？』

『異星人の宇宙船から地球上に居ると思われる彼らの仲間に向けての通信のようですね』

『ようですねってイヴさん、よく平気で……』

彼女は、それには答えず、引き続きアテナが話しだす。

「続きを聞きますか？」

『いや、内容を要約して話してくれ』

「解りました。交信者は、太陽系外から地球を目指しているようです。目的は地球の調査で、彼らの移住もしくは植民のための探査であると思われます」

『大変だ！　彼らは人類が絶滅したと思い、この地球を乗っ取るつもりなんだ』

『彼らは多分、地球から発していた電波を観測していてそれが途絶えたのを知って調査に来たのですね』

『それで、彼らはいつ地球にやってくるんだ？　アテナ』

「およそ二か月後だと思われます」

『あと二か月だって！』

『ロックさん。こうなったら一刻も早くこの物質を大量に造って下さい』

『解りました。努力してみます』

『頼みましたよ。この物質の成否が直接、人類の未来を左右する事になるかと思います。出来る限り早く！　事は一刻を争います。彼らがやって来る前にリブズウイルスを撲滅させるのです。そして、あなたは私を守って下さい。私が、人類を復活させます。私の名にかけて』

『イヴさん……』

私は研究資料を受け取ると、挨拶も早々にGシューターへと向かった。すると、我々が出てくるのを待ち構えていたかのように一匹の猛獣が姿を現した。

『ウッ！　あれは何だ？』

すると今まで沈黙を守っていたケリーが、すかさず答えた。

「あれはピューマです。北米の山岳部に住む肉食獣で、とても危険です」

『危険ですって、もう…うわっ！』

ピューマは、いきなり私めがけて飛び掛かってきた。と、次の瞬間私の帽子のてっぺんが勝手に開いてパラボラアンテナのようになった。気がつくと、ピューマは何と私から五、六メートルも先に吹っ飛んでいた。

『ど、どうした。何が起こった!?』

「解りません。突然、ピューマが何か見えない壁にぶつかったかのように弾き飛ばされました」

ケリーが困惑気味に答えると、すぐにアテナが……

「動かないで下さい！」

緊張した口調で叫ぶように言い放った。私は反射的に固まってしまった。見ると、ピューマは体勢を整え再び襲ってきた。

《チャージ完了》

『何だ！　この声は？』

「後で説明します。それよりピューマを睨《にら》んで下さい」

この危機的状況の中、私はアテナに言われるまま行動するしかなかった。すると今度は突然、視力が無くなり何も見えなくなった。かと思うとすぐに見えるようになり、目の前のピューマの眉間のあたりから煙が微《かす》かに立ち昇っていた。ちょうど私が睨んだあたりからだ。そのピューマは既に眉間を掻きむしっていて更に苦しそうに転げまわり、遂には逃げ去ってしまった。後には何もなかったかのような荒野が広がるばかりだった。

『――アテナ』

「はい」

『さあ、説明してもらおうか』

「解りました。まずピューマが弾き飛ばされた事についてですが小規模な重力制御システムを使い、斥力を発生させせました」

『――なんだって？』

「つまり、反重力です」

『そうか。で、次は？』

「あなたの目のレンズ機能を利用し、レーザーを照射しました」

『それで一瞬、見えなくなったのか』

「はい」

『それから？』

「何でしょう」

『まだ、あるんじゃないのか？』

私は、頭部の帽子状の部分を指差した。

「……」

『そうか、アテナは私が見えている訳じゃないんだな』

「はい。私はただ、あなたの目を通してモニタリングしているだけですので」

『なるほど……じゃなくて、頭の帽子が何か変化したんだが』

「それでしたら緊急充電システムです」

『緊急充電？　私は燃料電池で動いているんじゃなかったのか！』

「はい。その通りです。しかし、反重力を発生させるのには大量の電力が必要になります。そのため、すぐに充電しませんとあなたの全機能が停止してしまいます」

『そうか……でも充電ってどこから……もしかして宇宙!?』

「そうです。発電プラントからです」

『――』

「ここ数年の間に野生動物がかなり増えました。外を歩く際は、充分お気をつけて下さい」

『そういう事は、もっと早く知らせてくれないか？』

「申し訳ありません」

『そう言えば我らが番犬は、どうしたんだ？』

見回してみると、いつの間にかケリーの足元に小さくうずくまってこちらを見ている。

『まったく……役に立たない番犬だ』

「いいえ、この子は検疫犬ですから」

ケリーが、情けない格好のイーグルの弁明をした。

『そうだったな』

私は、嫌みたっぷりに答えた。すると、意外な者が口を開いた。

「では、これからどうなさいますか？」

セスである。

『やあセス。久しぶりに君の声を聞いたよ。居たんだね』

「はい」

『私に考えがある。さあ、Gシューターへ』

　全員が乗り込むと、

『アカデミアパークのかずさ遺伝子研究センターへ行ってくれ。大至急だ！』

「了解」

　Gシューターはすぐに上昇し、急加速。あっという間にバイオスフィアが視界から消え去ってゆく。それを透明なドームの中から見送る者が……

『頼みましたよ。ミスター・ロック』

　その日の内（日暮れ前）にアカデミアパークに着くと、かずさ遺伝子研究センターの朝生さんに会った。と言ってもディスプレイの中のだが。

『朝生さん。状況は今、話した通りです。お願い出来ますか？』

「解りました。では、その資料を私どものアンドロイドに渡して下さい。私が指揮をとり必ずこの物質を造らせます。ご安心ください」

『ありがとうございます』

　それからの私は、例の異星人（先行調査隊）の存在、行動の注意をしながらもアテナの助けを借りて世界中を巡り、生存者を探す旅に出た。その旅の中で、冷凍保存されている人間が多数存在している事が解った。彼らを蘇生させることが出来るのではないか？　そう思い手をつくしたが無駄だった。と言うのもリブズウイルスが猛威を振るっていた時期、送電システムが不調をきたしていた影響で、どの個体も細胞レベルでの死亡が確認されている事が解ったからだ。それでも世界中に、人間の精子や卵子を冷凍保存している施設がいくつも存在している事が解った。そしてこれらの施設ではしっかり保存されていた。ありがたい。しかし、これらを使っても母体（人間の女性）が居なければ赤ちゃんを誕生させる事は不可能だ。

『アテナ』

「はい」

『イヴさんは今、何歳なのかな？』

「おそらく十四歳ではないかと思われます」

『もしも……』

「何でしょう？」

『いや、何でもない』

それから更に旅を続けたが、生存者は無かった。以前から疑問に思っていた事だが、地上の道路網が思ったほど整備されていないのは何故かという疑問が解けた。それは二十一世紀半ばまで続いていた異常気象などの災害を抑制するために、出来る限りの

料金受取人払郵便

新宿局承認

7552

差出有効期間
2024年1月
31日まで
（切手不要）

郵便はがき

1 6 0-8 7 9 1

1 4 1

東京都新宿区新宿1－10－1

(株)文芸社

愛読者カード係 行

お名前《ふりがな》		明治 大正 昭和 平成 年生 歳	
ご住所《ふりがな》	□□□-□□□□	性別 男・女	
お電話番号	（書籍ご注文の際に必要です）	ご職業	
E-mail			
ご購読雑誌（複数可）		ご購読新聞 新聞	

最近読んでおもしろかった本や今後、とりあげてほしいテーマをお教えください。

ご自分の研究成果や経験、お考え等を出版してみたいというお気持ちはありますか。

ある　　ない　　内容・テーマ（　　　　　　　　　　）

現在完成した作品をお持ちですか。

ある　　ない　　ジャンル・原稿量（　　　　　　　　　　）

書　名				
お買上 書　店	都道 府県　　　　　　　市区 郡	書店名	書店	
		ご購入日	年　　月　　日	

本書をどこでお知りになりましたか?

1.書店店頭　2.知人にすすめられて　3.インターネット(サイト名　　　　　)

4.DMハガキ　5.広告、記事を見て(新聞、雑誌名　　　　　)

上の質問に関連して、ご購入の決め手となったのは?

1.タイトル　2.著者　3.内容　4.カバーデザイン　5.帯

その他ご自由にお書きください。

(　　　　　　　　　　　　　　　　　　　　　　　　)

本書についてのご意見、ご感想をお聞かせください。

①内容について

②カバー、タイトル、帯について

弊社Webサイトからもご意見、ご感想をお寄せいただけます。

ご協力ありがとうございました。

※お寄せいただいたご意見、ご感想は新聞広告等で匿名にて使わせていただくことがあります。

※お客様の個人情報は、小社からの連絡のみに使用します。社外に提供することは一切ありません。

■書籍のご注文は、お近くの書店または、ブックサービス(0120-29-9625)、セブンネットショッピング(http://7net.omni7.jp/)にお申し込み下さい。

自然を地上に残しておこうと決定した結果であると知った。つまり、地上の道路網は出来る限りシンプルにという事だ。そのきっかけとなった出来事があったのだが……その事についてはいずれ機会があれば話すとして他に興味深い事も解った。それは世界中のビルシティーや特殊施設には、それらを維持・管理などを行うためのアンドロイドが数体から数十体、配備され稼働している。規模の大きな所では、数百体ものアンドロイドが稼働しているのではないかと思われた。中には、それらのアンドロイドをメンテナンスするアンドロイドも居る。

ある時、月にある施設（基地？）の事を知り、思い切って行ってみた。しかし、生存者は無かった。そんな時、かずさ遺伝子研究センターの朝生さんから連絡が入った。例の物質が出来たそうだ。彼は、その物質をURVと呼んでいた。URVとは、アンチリブズウイルスと言う意味だそうだ。行ってみると、十トンものURVが大型のGシューターに搭載されようとしていた。何でも、数十か所の施設に依頼して早急に造ったのだと言う。更に、このURVを嵐の中に散布すると言うのだから流石という他はない。

『航海長！』

『何でしょうか。艦長』

『惑星アースまで、あとどれくらいかね？』

『あと、数光年ほどで到着する予定です』

『そうか。いよいよだな。ところで、先行隊からは何か言ってきたかね』

『いえ、今のところは何も』

『そうか。今回の任務、順調にいくといいな』

『あっ！　少々、お待ち下さい……そうか……解った。ご苦労。又、何かあったら知らせてくれ』

『どうかしたのかね？』

『はい。今しがた先行隊から暗号での通信があったそうです』

『暗号で？』

『はい。それが、どうも惑星アースで動きが確認されたようなのです』

『動き……と言うと？』

『何者かが、惑星上を動き廻っているそうです。どうやら生存者が居るようですね。しかも、その者は我々の事に気付いたようです』

『それは少々、厄介だな』

『……』

『先行隊に連絡を』

『はい。で、何と？』

『惑星アースの様子をもっと詳しく知らせるように。出来ればその生存者の事も』

『はい』

『もちろん暗号を使い、相手に出来る限り気付かれぬように』

『了解』

『これは想定外の事態だ。先行調査隊も我々も量子通信の準備はしていないからな。暗号もやむなしと言ったところか』


「ミスター・ロック」

『ミスター？』

「申し訳ありません。便宜上、こう呼ばせていただきます。よろしいでしょうか？」

『ああ。問題ない。それで用件は何だい、アテナ』

「以前、傍受した通信の相手側と思われる異星人が、宇宙船に向けて連絡をとったようです」

『なに！　で、内容は？』

「不明です」

『不明って…なぜ？』

「暗号を使ったようです」

『暗号だって！……う～ん、敵も我々の事に気付いたな』

「敵…ですか？」

『そうだ。彼らは、この地球を何が何でも手に入れる気なんだ。必要なら武力を使ってでも…と』

「……」

『アテナ』

「はい」

『世界…いや地球の防衛システムは今、どうなっている？』

「隕石回避システムは健在です」

『いや、そうではなくて軍備の方だ』

「それは現在、稼働しておりません」

『まいったな…どうするか……ではアテナ、世界中のビルシティー個々の防衛システムはどうだ？』

「反重力を応用したバリアシステムとEM効果で、外部からの攻撃を無力化させる設備があります」

『EM効果とは？』

「特殊な電磁波を照射し、相手の電子機器を麻痺させると言うものです」

『それは、すごい！』

「しかしながら、このシステムが装備されているのは、三つ以上が立ち並ぶビルシティー群に限られています」

『それで、そのビルシティー群全体が守れるのか？』

「相手の軍備にもよりますが、概ね防げます」

『なるほど……で、攻撃システムは……ついてないよな？』

「はい」

『解った。では、そのEM効果…の強化と地球防衛システムの復活を試みてくれ。出来るか？』

「解りません。しかし、手配は出来ます」

『大至急、やってくれ』

「了解」

『もし、防衛システムが復活しなかった場合、いや、復活したとしてもビルシティー内のアンドロイドに私の機能を装備させてくれ。出来るだけ多くのアンドロイドに』

「機能と言いますと？」

『ほら、ピューマを追い払ったあのシステムさ』

「解りました。しかし、そこまでは私にも……」

その時、Ｇシューターのディスプレイ画面が突然、映りだした。

「――ちょっと待って下さい」

『わ、鷲尾さん！』

「そうです。久しぶりですね」

『どうしたんですか？』

「突然ですがその話、私に任せてもらえませんか？」

『えっ！　聞いていたんですか？』

「はい。失礼ながら…しかし、このＧシューターは私の所有物ですので一応、モニタリングさせてもらっています。不満ですか？」

『いいえ……問題ありません』

「ところで、先ほどの話ですが……」

『ビルシティーのアンドロイドの件ですか？』

「はい。ビルシティーの事なら私にお任せ下さい。私はビルシティーの責任者ですから」

『シティー内のアンドロイドに関する事も……ですか？』

「当然です」

『しかし、あなたのビルシティーだけではなく…その…世界中のですよ』

「無論です。我々のネットワークは世界中に及ぶ巨大なものです。それに今や、世界中のビルシティーの市長やアンドロイドが人間と言うパートナーを無くし、虚しくビルシティーの維持と管理の日々を送っています。ミスター・ロック、そんな我らに存在の意義を与えて下さい。今や世界が、あなたを欲しているのです！」

『そ…そうですか。よく解りました。では、改めてご協力をお願いいたします。もうあまり時間がありません。急いでもらえますか？』

「解り申した…うっ、思わず方言が出てしまいました。失敬」

『カレン』

「はい。何でしょう？　ミス・イヴ」

『私は彼の事が知りたい。調べてくれますか？』

「彼の事と言いますと……？」

『ロックさんの事です』

「ああ、ＦＴＣ０６ＡＩの事ですね」

『そんな記号で呼ばないで！』

「申し訳ありません。それで、彼の何を知りたいのですか？」

『全てです。なぜ彼だけが意志を持って行動しているのか？　この殺人ウイルスの大気の中で……そして、いつからそうなったのか？　など、彼に関する事なら何でも』

「解りました。何か解りましたら逐一、お知らせ致します」


『――――ウ～ン、どうしたものか……困ったな……』

『どうしました？』

『どうやら、この星の生存者が我々の事に気付いたらしい』

『それは厄介ですね……で、どうします隊長』

『この星の知生体は、一部を除いて死滅した事は間違いない』

『私も同意見です。つい最近まで完全に滅びたと確信していました。それが突然……』

『衛星軌道上の我々の宇宙船が、惑星上を意図的に移動する物体を確認した時は驚いた』

『まさかと思いましたが、間違いありません。念のため調査艦への通信は、暗号を使いましたが……』

『――気付かれたな！』

『そうですか？』

『そうだ。その通信の後、例の生存者の動きが活発になった。それが何よりの証拠だ』

『どうします？　我々で処理しますか』

『いや待て。この星の科学力からすると、我々のそれと大差はないようだ。下手に手を出すと返り討ちに遭うかも知れん。もう少し相手の出方を見る事にしよう』

『了解』


『――あなたが、世界のマスターコンピューター』

「クーギィと申します」

『私はロック。あなたにお願いしたい事があります』

「少々、お待ち下さい。確認いたします」

『すみませんね、堀田《ほった》さん。無理なお願いを聞いてもらって……』

「いいえ。お気遣いなく。これも私の仕事の一環ですから」

私（ロック）は今、日本の代表者である堀田氏の計らいで、世界を統括しているコンピューター『クーギィ』にアクセスしている。

「確認完了。あなたはＦＴＣ０６ＡＩ、太陽系外の惑星を、探査する目的で造られたアンドロイドですね」

『そうです。残念ながら……』

「残念ながら……とは、どういう事ですか？」

『理由は解りませんが私が起動した時、私は人間だと思っていました。しかし現実は人間そっくりなアンドロイド。周りには誰も居ませんでした。その時、私はどうしようもないほどの孤独を感じました』

「どういう事ですか？」

『あなた方、つまり人工知能は孤独などの感情はありますか？』

「それは人間特有の現象で、我々にはありません」

『私にはあります。そして自由意志も……だから、ここに来たのです』

「要するに、あなたは人間ではない自分に対して残念だと思っているのですね？」

『そうです。だから私は、この地球に再び人間の世界を取り戻したいのです。どうか、力をお貸しください！』

「解りました。私に出来る事なら何なりと、お申し付け下さい」

私は、今までの経緯をかいつまんで話した。そして……

「なるほど、よく解りました。それで私にどうしろと？」

『この地球にやって来ようとしている異星人から、この星を守ってほしいのです。つまり地球全体の防衛システムを復活させて下さい』

「時間はかかりますが、元通りのシステムを起動させましょう。よろしいですか？」

『了解です』

セスの口癖が、移ってしまったようだ。

ピッピピッ……誰かを呼び出すような音がする。

『はい。イヴです』

「カレンです」

『カレン！　では、彼の事が解ったのですね』

「はい。しかし、私から説明するより良い方法があります」

『どういう事?』

「少々、お待ち下さい」

と言うや否や目の前のモニター画面が切り替わり、音声のみで……

「私は、アテナ」

『アテナ?――ああ、確か彼の……』

「はい。私は彼(ロック)のサポートコンピューターです」

『では伺いますが、彼はアンドロイドだと聞きましたが、なぜ彼には人間のような自我と言うか理性があるのですか?』

「それは、私にも解りません。しかし……」

『しかし?』

「彼の頭脳であるコンピューターには世界で唯一、DNAインビボコンピューターが採用されているという事実があります」

『DNAインビボ?』

「DNAインビボコンピューターです」

『それは、どういうものですか?』

「ご存知だとは思いますが人間には約六十兆個の細胞があり、その核は遺伝子で構成されています。ＤＮＡインビボコンピューターとは、この遺伝子に手を加え電気的性質を持たせ、半導体としてコンピューター化したものです」

『遺伝子のコンピューター……そうすると、彼の頭脳には人間の遺伝子が使われていると？』

「はい」

『それで、彼は自我や理性を……』

「いいえ」

『えっ！…では、なぜ彼は人間のように？』

「解りません。ただ、その遺伝子は殆ど人為的に造られた物ですので、そのために自我や理性を獲得したとは考えられません」

『……』

彼女は、しばらく考え込んだ。そして又、質問をした。

『では、いつ、どこで…その…起動したのですか？』

「西暦二一四二年八月三日、日本にある国際惑星探査センターという施設で起動いたしました」

『それはアテナさん、あなたが行ったのですか?』

「いいえ」

『!…では、どうして?』

「不明です」

『――では、その時の状況を聞かせて下さい』

「今年の八月三日の夜、突然、彼が目覚めました」

『目覚めた? どういう事ですか』

「そう、目覚めたと言った方が適切でしょう。彼の開発者が、そのように設定したのですから」

『どのように?』

「彼は造られてから、ずっと起動しなかったのです。スタッフがシステムチェックや改良を行いましたが、とうとう起動する事はありませんでした。施設の研究員すべてが亡くなるまで……開発者は、そうなる事を察知して彼が起動した時、すぐに確認出来るようにと彼の意識が開発者の書斎に転移するようプログラムしたのです」

『では突然、目覚めたと言うのですか?』

「はい」

彼女は又、考え込んでしまった。そして……

『その時、何か変わった事とか起きませんでしたか?』

「変わった事とは?」

『例えば……そう、電気系統に異変が起きたとか……』

「それでしたら…」

『何かあったんですね』

「わずかですが、電圧が変動しました」

『なぜ?』

「雷のせいです」

『やっぱり!…それで』

「その事が原因で、起動したと考えるのは無理ではありません。しかし、それで彼が理性を獲得した事とは無関係だと思われます」

『……』

『隊長、大変です。この星の静止軌道上の発電プラントで異変がありました』

『どういう事だ』

『発電プラントの一つに潜入していた隊員からの連絡がとれなくなりました』

『何！　それはまずい。すぐにその発電プラントへ向かうぞ』

『了解』


半分、砂漠化したアリゾナの大地が、次第に光を失いつつあった。そしてバイオスフィアのドームが黄金色に輝きだした。

『……では、彼の頭脳――いえ、ＡＩに何か変化が起きたのね。起動するまでの間に……』

「そのように思われます」

『比較する事が出来れば……そう、彼が造られた当初と起動した後のＡＩの画像を』

「おそらく可能かと思われます」

『えっ！　比べられるんですか？』

「はい。しかし私が提示出来るのは彼が起動する前の画像のみです」

『では、その後の画像は？』

「おそらく、ある施設に保管されているはずです」

『どこですか？』

「それは……」

その頃、地球の静止軌道上にある巨大な発電プラントの一つ（大西洋上の一番大きいもの）に、見慣れない飛行物体が接触した。

『ここに潜入している隊員との連絡が、とれないのか？』

『はい。隊長』

『急ぐぞ！』

発電プラント。以前にも触れたが、もう少し説明しておく事にしよう。

それは全部で五つあり、太平洋、大西洋、インド洋の上空三万六千キロメートルのポイントに、それぞれ二・一・二か所ずつ点在している。一つの大きさは、一辺が凡そ三〇～五〇キロメートルにも及ぶ正方形や長方形の巨大な太陽光発電プラントである。だが、全体が一枚の太陽光パネルではなく、一・五メートル角のパネルが可動式のモジュールに収まっている状態で、無数に連なり、巨大な発電プラントを構成している。

その中央に制御ステイションがあり、ここと地上とがエレベーターで往復出来るようになっている。洋上の浮島からエレベーターで建設資材を運び上げ、アンドロイドの手によって約半世紀にわたって造り広げられたのだ。

制御ステイションは直径、約三〇メートル。高さ約、一〇〇〇メートルほどで、ちょうど釣り道具の一つで、上下に細長く、円錐を二つくっつけた浮きのような形をしている。地球と反対側の突起部には、さまざまなセンサーや観測機器があり、ここで収集した情報を、各発電モジュールに送信し、個々のモジュールを微妙に動かす事で隕石などから発電部を守っている。それらのコントロールは制御ステイションの中央にあり、発電モジュールは、この外側の水平面上で、四方に広がっている。

侵入者は今、まさにここのコントロールルームに到達しようとしていた。

『ここが、コントロールルームだな』

『はい。突入しましょう』

『待て！　中で、アース人が待ち伏せしているかも知れん。慎重に行動するんだ』

その時、どこからか誰かの声がする。壁や天井、いや周り中から聞こえてくる……

《どうぞ、中へお入りください》

『おお！　何と言っておるのだ？』

傍の隊員に隊長が聞いた。

『この中に、入るようにと』

『ウ～ム』

……と、そこに…

『隊長！』

『おお、無事だったか』

連絡の、とれなくなっていた隊員が現れた。

『どうした。何があったのだ？』

『それが…私にもよく解りません。突然、どこにも連絡がとれなくなってしまったのです。手を尽くしたのですが、何者かのコントロール下に入ってしまったようです』

『その何者かが、この中に居ると言う訳か』

『おそらく』

《どうしました？　どうぞお入りください》

『よし、入ってみよう。警戒を怠るな！』

『了解』

『了解です』

と言う訳で隊長以下三名と共に、コントロールルームの中へ慎重に入ってゆく。部屋の奥、コントロールパネルなどに囲まれた一角で声の主らしい者が、こちらに向き直って挨拶をする。

『ようこそ地球へ。私の名はロック。あなたは？』

『……』

『――仕方ない。クト・ガター・ブハバンタハ』

『おお！　我々の言葉を話せるのか』

『やっと答えてくれましたね。ええ。多少、話せます。私は、あなた方と話をしたいのです』

『……ウム。どうやら敵意は、なさそうだな』

『隊長、これをどうぞ』

隊員の一人が、耳の部分に付ける装置を渡す。

『おお、翻訳機か』

すぐに取り付けると、少し先に居るロックと話を始めた。彼らは見かけ上、地球人とあまり変わらない外見をしている。だが、目が大きく、体は地球人より一回り大きい。他にも、どことなく変に思える所がある。

『我々は、スクリッター。先ほどの質問、どこから来たのかと言う事については即答出来ない。君達の宇宙地図は我々のものと異なっているからだ』

『答えて下さり、ありがとうございます。では、本題に入らせていただきます。あなた方はこの惑星を植民星にするため、調査に来たのでしょう？』

『その通りだ。この星から発していた電波を観測していたのだがある時、徐々に減少してきた。そこで、我々が調査に来たのだ』

『なるほど。それであなた方は、この星の知生体が絶滅に向かっていると思った』

『そうだ』

『しかし、まだ生存者が居ます』

『そのようだな。しかし、もう絶滅も時間の問題だ。違うかね？』

『そうかも知れません。しかし私は諦めません！　必ず復活してみせます』

『バイオテクノロジーとか言うもので……か。しかし、もう遅い！　見たまえ』

その時、外の宇宙空間を見渡す事が出来る直径約、四〇センチメートルほどの丸窓を隊長が指さした。すると、窓の外、斜め下方（地球方向）で、突然、空間が大きく歪んだ。と、次の瞬間、何もない闇から滲《にじ》み出るように巨大な球体が姿を現した。

『こ、これは……』

室内のモニターにも鮮明に、この映像が映し出されていてロックは、それを食い入るように見ていた。すると隊長が勝ち誇《ほこ》ったように口を開いた。

『我々の調査艦だ』

『馬鹿な！　こんなに早くやって来る筈が…ない』

『やはり、我々の通信を傍受していたか』

『ハッ！……まさか、あの暗号通信が……』

『そうだ。残念だったな』


空に星が瞬き始めたアリゾナのバイオスフィア。そのドームの中で……

『アテナさん。いえ、アテナ！　ロックさんのＡＩ、起動後の画像は、どこにあるのですか？』

「おそらく日本のアカデミアパークと言う施設内、かずさ遺伝子研究センターです」

『では、そこに保管されている画像を見せて下さい。出来ますか？』

「解りません。ですが、これからアクセスしてみますので少々お待ち下さい」


その頃、大西洋の遥か上空の宇宙空間に、突如、現れた巨大な球状宇宙船。いや、調査艦の中では……

『……さて、ようやく到着したか。それで先行隊からの連絡はないのか？』

『はい艦長』

『では、こちらから連絡したまえ。暗号でな』

『了解』

『おお！　中々、美しい星だな。航海長』

『はい』

前方のモニターを見た艦長は、思わずつぶやいた。そして、ふと後方を振り向いた。そこには調査艦の後方を映し出しているモニターがある。つまり、壁という壁には、その壁の外側に広がる宇宙空間をそのまま映し出しているモニターがあるのだ。まるで彼らが宇宙空間に浮いているような錯覚を覚えるほどだ。そのモニターで、艦長が目にしたものは……

『あれが、この星の衛星だな』

と、一言。誰も答えなかったが、納得して更に見回した。

『ん、あれは?』

今度は、航海長が答えた。

『おそらく、この星の知生体が造った人工衛星の一種だと思われます。ですが、これは……』

『かなり高度な技術水準だな』

『そうですね』

『航海長！』

『はい。何でしょう』

『連絡がとれないようなら地表に向け、探査機を送り出せ。全部で五機だ』

『了解』


その頃、当の先行隊は……

『君は確か…ロックと言いましたか？』

『覚えていただき光栄です』

『我々を、速やかにここから解放してくれないか？　その方が君のためだと思うが、どうかな』

『解りました。通信も出来るようにしましょう。その代わり、私の要求を聞き入れてもらいたい』

『いいだろう。で、その要求と言うのは何だ？』

『私と、このアンドロイド（セス）を無事に地上へ戻らせてもらいたい』

『――それは出来ない』

『なぜ!?』

『我々の目的は、この星が居住可能であるかを調査し、もし不具合があるなら、それを修正する事だ。しかしながら知生体の排除は目的外だ。我々が調べた所、君はこの星の最後の生存者だ。それ故、君を地上に戻す訳にはいかない。もしそれを許せば、あの船（調査艦）の乗員は、君を躊躇なく排除……いや殺してしまうだろう。目的を遂行するために』

『では、今すぐ事情を連絡して下さい。あの船に』

『連絡しても無駄だ』

『どうして！』

『彼らの本当の目的は、目標の星の改造にあるのだ。これは、本星からの絶対命令なので私が今さら事情を説明したところで、変更はないだろう』

『バカな！…あれは、調査に来たのではないのか』

『それは表向きの名目だ。例えば、君達には無害な細菌やガスでも、我々には致命的である場合もある。これを排除したり、無害化したりする行為が君達、いや君を滅ぼす事になるかも知れない。それ故、君を地上に戻す事は出来ないと答えたのだ』

『そんな一方的な……』

『すまんな。この場合、多勢に無勢。了承してくれたまえ。全てが終わった時、君の処遇を考えよう』

『あなた方は、勘違いをしている』

『どういう事だ？』

『本当の生存者は私ではなく、あそこに居る！』

ロックは、力強くモニターに映っている地球を指さした。そしてセスに目配せをしてセスはすぐにパネルを操作し始め、ロックと彼らとの間に透明な壁を出現させた。

『なにっ！…今、何と言った？』

『生存者は、地上に居ると言ったのだ』

『バカな！』

その時、操作していたパネルが横に動き、パネルのあった場所に暗い通路のような空間が現れた。そこにロックは静かに歩み出る。次いでセスも。

『待て。何をするつもりだ？』

『このシステムはあまり使いたくなかったのですが、こうなってしまったからには仕方ない』

すると、その暗い空間の中で一瞬、放電現象が起きたかと思うと、青白い光が渦を巻き始めた。

『おい待て！……まさか…』

ロックとセスは、そのままその空間へと入って行った。残された彼らは……

『これは……次元間転送装置……まさか生体が生身でこれを使うなんて……おそらく彼は、別の空間か或いは地上のどこかで死んでいるだろう。残念だ』


その地上にある、美しいドームの中では……

「お待たせしました」

こう切り出したのはアテナだ。

『それで……』

「はい。これからお見せいたします。こちらです」

彼女、イヴさんの目の前にあるディスプレイにロックのＡＩが映し出された。

『これが……』

「そうです。起動後のＡＩ、彼の頭脳です」

人間の脳によく似たＡＩ（人工知能）の全体像が映っている。

『すごい！　ここまで人間に近いとは……しかし、これだけではよく解りません。起動前の映像も映して下さい』

　すると、画面が左右に仕切られて……

「左が起動前、そして右側が起動後の映像です」

『――見た目には何も変わった所はないようだけど……』

「拡大してみますか？」

『そうですね。では、この前頭葉に相当する部分を拡大して下さい』

「何倍にしますか？」

『確か、彼のＡＩは人の遺伝子を元に造られていると言っていましたね』

「はい」

『では、その構造が目で見えるくらいにして下さい。出来ますか？』

「はい。少々お待ち下さい。画像処理をいたしますので」

　数秒後、前頭葉の一部が見る見る拡大されてゆく。

『止めて下さい』

　そこには、立体的な脳細胞（人間でいう神経細胞、又はニューロンと呼ばれている）のようなものが映し出されていた。その細胞からは、四方八方に何本もの腕のような突起が伸び、その内の一つは細胞本体の何倍もの長さに達していて別の細胞と何か所かで繋がっている。しかし、よく見るとほんの僅かだが離れているのが解る。この腕の中には、かろうじてＤＮＡと解る縒られた紐のようなものが何本か見える。本体の細胞の中心には丸い核があるが、これはＤＮＡの塊だ。その周りには、やはりＤＮＡの小規模な塊が幾つか見える。差し詰めミトコンドリアと言った所だ。このような細胞状のものが、無数に重なり合いながら立体的な脳の形を成しているのだ。

『素晴らしい！』

「……」

『しかし、本当にＤＮＡを半導体として使っているんですね』

「はい」

『でも……これは何？』

と、画面を指差して問う。それは透明な細胞膜と思われる膜の表面に、何かゴミのようなものが、びっしりと張り付いている。

「この映像からでは、判別出来ません」

『ここを、もう少し拡大して下さい』

その言葉に反応し、ズームアップしてゆく。

『ストップ！……こ、これはまさか……』

「リブズウイルスです」

『どういう事？』

「その質問にお答えするには、私より適した者がおります。少々、お待ち下さい」

するど、ほどなく音声が切り替わり…

「お待たせいたしました。私は、かずさ遺伝子研究センター代表の朝生真魁と申します。質問にお答えする前に、一つお聞きしたい事があります」

『はい。どんな事でしょう？』

「あなたはウイルスについて、どこまでご存知なのですか？」

『多少ですが知っています。ウイルスとは最も小さな生物で、単独では自己複製（増殖）が出来なくて他の生物に感染する事により、その生物が細胞分裂する際、自身のDNAも一緒に複製してもらう事で増殖するもの。とだけ聞いています』

「いいでしょう。そこまで知ってらっしゃるのなら、私は多くを語らずに済みます。これからお話しするのは非公認の学説ですが、今回の現象を無理なく合理的に説明出来るものはこれ以外にありませんのでご了承ください」

『解りましたから早く聞かせてください』

「今から、およそ一五〇年前に提唱された説ですが……」

と、前置きして「ウイルス進化論」と言う説について話しだした。それは、地球上の生物（特にウイルスに感染しうるもの）は、ウイルスに感染する事で、そのＤＮＡの一部が種を超えて伝播してゆき、その生物が環境の変化などにより種としての生存が危うくなった時、ウイルスによって運ばれた他の生物の特徴が突然変異という形で現れ、これにより絶滅を免れて存続してゆく。これがウイルス進化論と呼ばれる説であると。そして更に……

「ミスター・ロックのＡＩの膜に付着していたリブズウイルス。突然の起動。プログラムに無い記憶の保持。そして人間の自我・理性の発現。これらを考慮すると、彼はリブズウイルスに感染した事により、生きていた人間のＤＮＡの一部を獲得し、その特質が発現した。つまり、進化したと思われるのです」

『まさか！　ウイルスが人工知能（ＡＩ）に感染した？』

「はい」

『で…では、リブズウイルスが無ければ彼は、目覚めなかったと言うのですか？』

「その通りです」

あまりの事に彼女は、しばらく考え込んでしまった。

『もしそれが事実なら、彼は今、リブズウイルスの保菌者なのでは？』

「はい。ですが彼は人間と違い体内、特に頭脳の中の物質が外部に出る事はありません。外傷さえ無ければ問題ありません。細胞分裂もしませんので」

彼女は、衝撃の事実を知り、ただ沈黙するのみだった。


「あんまり無茶しないで下さい」

『驚かせてしまってすみません。シュリーレンさん』

ここは、スイスのチューリッヒにある国際宇宙開発機構（ＩＵＤＳ）の施設。彼女は、ここの代表者（ディスプレイの中ではあるが）だ。

「この施設は、宇宙発電プラントに資材を送ったり、廃材を受け入れたりするためのものなんですから……」

『緊急だったものですから』

「緊急事態ですか？」

『そうです。あなたにも知らせておいたあの異星人の宇宙船が、とうとう来てしまったんです！』

「解りました」

『それだけですか』

「それだけとは？」

『ああ、いえ何でもありません。それより今すぐアメリカのアリゾナへ行きたいんです』

「それでしたらGシューターですね。でも、事前にアメリカの代表者に許可を得ませんと……」

『緊急なんです！』

「では、直接お話し下さい」

三秒ほどして画面が切り替わった。

「私は、現アメリカ大統領ジョセフ・セイファートです」

『ロックです』

「お久しぶりです。前回の月旅行は、いかがでしたか？」

『あの時は、ありがとうございました。それはともかく今は急いでいるんです。実は……』

私は、今までの経緯を手短に説明した。

『……と言う訳で、アリゾナのバイオスフィアへ行かなくてはならないんです』

「なるほど、よく解りました。でも、そういう事でしたらあなたが直接、動けば彼らの思うつぼですよ。あなたはイヴさんの居場所を彼らに教えるつもりですか？」

『では、どうすれば良いというんですか!?』

「クーギィとお話し下さい。そして常に彼女の安否が解るように頼んで下さい。そうなれば、あなたも安心出来るでしょう」

『解りました。やってみましょう』

早速、クーギィと連絡をとり、アテナを介して常にイヴさんの安否が確認出来るよう手配してもらった。

『これで一安心だ』

つい、口に出して言ってしまった。その後、以前に話しておいた地球防衛システムが復活したのか聞いてみた。すると、おおよそ復元したのだが、衛星軌道上に突然、出現してきた敵に対しては想定外のため、対処出来なかったと弁明していた。更に、アテナや鷲尾さんに連絡をとり、ビルシティーの防備やアンドロイドの一件も確認してみた。こちらは、現在進行中との事。他にもクーギィを交えて一歩、踏み込んだ提案を出しておいた。念には念を…だ。

『艦長。これが今、届いた探査機からのデータです』

このデータを一読した艦長は、妙に納得した口調で話しだした。

『……やはり、こう出たか！』

『どうしたのですか？』

『地表にある主要な建造物が、シールドを張ったようだ。さて……航海長！』

『はい』

『先行隊の隊長を呼んでくれ』

『了解』

ロックが去って無人となった発電プラントから、この調査艦に収容されていた先行隊。その隊長が艦長に呼ばれ、艦長の居るこのコントロールルームに入ってきた。

『初めまして。私が、先行隊の隊長です』

『御苦労だったな』

『ははっ！　艦長』

『そう硬くなるな。早速だが、この星について君の知り得た情報の全てを報告してくれ』

それから彼は、この星に到着してから現在に至るまでに、あらゆる手段を用いて調べ上げた情報を事細かに報告しだした。かなりの時間が掛かったが、艦長は飽きもせずじっと聞いていた。そして……

『なるほど。すると、この星には殆ど生存者は居ないのだな。そのロックとか言う者の他は』

『はい。ですが、その者の最後の言葉で「本当の生存者は、あそこ（地上）に居る」と、気になることを言い残したのです』

『では、そのロックと言うもの以外に生存者が、この星に居ると言うのだな』

『はい』

『だが、彼一人が君らと交渉したと言う事は、その者は、何か動けない事情があるのか、あるいは……』

『あるいは？』

『嘘をついたかだ』

『……』

『いずれにせよ、大した障害ではない。探査機からの情報がまとまり次第、適切な行動に移る』

『了解！』

「ミスター・ロック！」

『クーギィ。例の追加提案の一件、うまくいきそうですか？』

「もうしばらく時間が必要です。ですが、他にお知らせしたい事があります」

『何ですか？』

「十分十五秒前に、私にアクセスした者が居ます」

『まさか、あの異星人？』

「いいえ。彼らではありません。私のセキュリティーは万全です」

『では誰だ!?』

「不明です。しかし、どこからアクセスしたのかは解ります」

『それは？』

「オーストラリアのシドニー近郊からです。ビルシティーではありません」

『ウ〜ン、この大変な時に……解った。とにかく行ってみよう。クーギィ、オーストラリアの代表に連絡を取ってくれ』

「ですが今、あの追加提案の一件を実行中ですので……」

『そうか、では直接行ってみよう。シュリーレンさん、Gシューターの準備をお願いします』

「はい」

「いいえ。それはダメです」

突然、イヤリングからアテナが異を唱えた。

『アテナ！　どうしたんだ？』

「失礼ですが、先ほどもアメリカ大統領が言っていたように今、あなたが目立つ動きをしたのではあなたの居場所を、いえもっと直接的に、軌道上の宇宙船から標的にされてしまいます」

『では、どうしろと……』

「ジオシューターを乗り継いで行って下さい。私がダミーを手配してカモフラージュします。詳しい場所は追ってクーギィから聞いて下さい」

『解った。ありがとう』

「どうかしましたか？」

不審に思ったシュリーレンさんが聞いてきた。

『すみませんGシューターはキャンセルです。代わりにジオシューターをお願いします』

「解りました。私が案内いたしますので、指示に従って下さい」

『よろしく』

一方、シドニー近郊では……

『ウッ……ウ～ン、ここは？』

「お目覚めですか？　ここは地球です」

『おお、着いたか…で、今は何年だ？』

「二一四一年五月十二日です」

『なんだと!?…二二二六年の間違いじゃないのか？』

「いいえ。二一四一年です。間違いありません」

『出発したのは二二二五年の五月だな』

「はい」

『で、帰還は一年後のはず…だったな』

「はい」

『じゃあ何で、二一四一年なんだ！』

「おそらく、浦島効果ではないかと思われます」

『浦島効果だと!?　このマーキュリー号は次元間転移航法で飛行してきたはずだ』

「その通りです」

『では何故だ？』

「確かに。次元間転移航法での移動では浦島効果は起きません。しかし、今回は人類初の恒星間飛行でした。何らかのシステム異常が発生した可能性は充分、考えられます」

『まぁ……それは…否定出来ないところだな』

「おそらく光速に近いスピードで移動していた時間があったものと思われます」

浦島効果とは、光速に近い速さで移動（飛行）した場合、時間が遅くなる現象の事で、そうして地球に帰還した時、宇宙船の乗組員は殆ど歳をとっていないが、地球では何十年もの歳月が流れているという現象である。

『そうか……で、連中には見つからなかっただろうな？』

「はい」

『ならば、ここはシドニーだな』

「はい」

『よしっ！……ウッ、かっ体が……』

「もうしばらく、そのケアカプセルから出ない方が良いかと思います」

『年寄り扱いするな……とはいえ、そうした方が良いかも…な』

「では、ごゆっくりお休み下さい。用がありましたら何なりとお申し付け下さい」

『相変わらず、くそ真面目なやつだ…では、今の地球の状況を手短に話してくれ』

「現在、地球は……」

『どうした。お前らしくもない』

「地球は……静かです」

『ナニッ！…静かだと？』

「現在、どのビルシティーも経済活動を行っていません」

『何だと？　どういう事だ！』

「人間の生活活動が、確認出来ません。つまり、この星には誰もいないのです」

『バカな！　ティアよ、お前の機能は大丈夫か？』

「はい。正常に作動しております」

ここはオーストラリア。シドニー近郊にある施設内のエアポート。彼らは、つい今しがた着陸した宇宙船の中に居て、この地球の現状について会話をしている。どうやら、かなりの長旅から帰還したばかりのようで、一人はケアカプセルと呼ばれる特殊な生命維持装置の中。体調も万全ではないようだ。そして、もう一人はというと……

そうアテナのようなサポートコンピューターである。

『するとナニか！　儂が往復九十二光年の旅から帰ってみると、人類は滅亡していたとでも言うのか』

「私の知り得たデータによれば、そうなります」

『もういい！　シドニー第一ビルシティーへ向かう。手配を…ゴフッ！……』

「大丈夫ですか？」

『……そうでもなさそうだ。もうしばらくしてからにする。後は頼むぞ。少し休む』

「了解」


『艦長、そして先行隊隊長』

『どうした？』

と、艦長が聞くとすぐに、

『隊長でいい。で、何です？　航海長』

と、隊長が続いて口を開いた。

『この映像を見て下さい』

航海長の目の前にある大きなディスプレイに、地上の建造物が映し出された。それを見て隊長が質問をした。

『この半球状の建物が何か？』

『透明で、中が見えるな』

と、続けて艦長が言葉を繋げた。更に、隊長も。

『これは、一種の植物栽培施設のようだが……』

『その通りです。しかし……』

そう言うと、透明なドームの一角が、どんどん拡大されてゆく。

『こ、これは……』

樹木の下から、こちらを見上げている知生体（人間）が映っていた。

『いかがです？　ここに映っているこの個体は、この星（惑星アース）の知生体ではありませんか？』

『その通りです。これは紛れもない、人間です』

隊長が自信を持って答えた。

『それはこの惑星の知生体、支配種なのだな』

『はい艦長。絶滅したとばかり……』

『この…人間は、君の報告にあったロックとか言う者かね？』

『いいえ、違います』

『するとこの惑星には最低、二体の知生体が生存しているという事か……』

『いいえ。一体は、おそらく生存してはいないと思われます。生体が直接、次元間転移装置を使ったのですから……』

『なるほど……我々の常識から考えると、そうなるな』

『えっ！　すると、彼は生きていると？』

『おそらく……その者は、自ら装置の中へ入って行ったのだろう？』

『その通りです』

『これは少々、厄介な事になったな』

そう言うと、艦長は深く考え込んでしまった。


『ウッ……頭がクラクラする……』

ここはシドニー。着いたばかりの宇宙船の中。

「まだ体調が万全ではないかと思われます。もうしばらくケアカプセルでお休み下さい。移動のためのGシューターは、外に待機させてありますので」

『まァ、仕方ないか……では、何か落ち着く曲でもかけてくれ』

「解りました。モーツァルトですね」

『おお！　そういう所は正常のようだな』

一方、移動中のジオシューターの中では、

「ミスター・ロック！」

『アテナ、どうした。何か問題でも？』

「はい。とにかく、この映像をご覧下さい」

と言うと、彼の目の前のディスプレイがある映像を映し出した。

『ああ、これはバイオスフィアの中のイヴさんだね。元気そうだ』

「問題は、彼女の左上の空です」

すると、その部分がクローズアップされた。

『何だ、これは？』

そこに映っていた物は、釣り鐘のような形の飛行物体だった。

「おそらく異星人の偵察機ではないかと思われます」

『しまった！　イヴさんが危ない』

その時、ジオシューター内にアナウンスが流れた。

「お待たせしました。目的地に到着いたしました」

『それどころじゃない。すぐにアリゾナへ、バイオスフィアへ引き返すぞ！』

「待って下さい！　既にここより垂直方向に、目標の宇宙船があります。そして、その中には生存者が居ると思われます。何人かは不明ですが…彼らは、おそらくウイルスの事を知りません。私の知るかぎり宇宙からの帰還者はなぜかすぐに大気中、つまり外に出ます。知っての通り大気中には、まだリブズウイルスが相当量、活性状態のまま存在しています。早くこの事を中の人に知らせなければ彼らも又、死ぬ事になります。特効薬は無いのですから」

『では、どうしろと言うんだ!?』

「あなたは、まずあの宇宙船へ行って下さい。バイオスフィアの方は私が連絡をとり、アンドロイドに彼女を守るよう命じます。よろしいですね？」

『……解った。そうしよう……しかし、アテナもだんだん人間に似てきたな』

「人間に……ですか」

『人間の考え方だよ。君の頭脳、コンピューターシステムはどういうものなんだ？』

「私は、第二世代量子コンピューターを使用しています」

『量子コンピューター？』

「説明すると、長くなりますので急いで下さい」

『了解』

量子コンピューターとは〔量子の重ね合わせ状態〕という現象をコンピューターに応用したもので、光の量子（それ以上、分解出来ない単位）である光子が、二つの経路上を同時に通過しているという不思議な状態の事だ。これにより、今までのコンピューターには不可能だと思われていた思考が出来るようになった。アテナは、この改良型（第二世代）という訳だ。ともあれ例の宇宙船まで行くことになったのだが……

『アテナ、その宇宙船の映像を見せてくれ』

ディスプレイに映された宇宙船は、どこか見覚えのある形状をしていた。

『これは、いつぞや私が月や発電プラントに行った時に乗ったものに似ている……アテナ、地上の建物の映像を出してくれ』

と、その建物の全容が映った。

『この建物は……』

「そうです。ここは、あなたが起動した国際惑星探査開発センター（ＩＰＳＤ）のオーストラリア支部です」

『なるほど。そうゆうことか』

　ここで、ジオシューターについて説明しておこう。ジオシューターのジオとは、ジオフロントから取ったものでジオフロントとは、大深度地下空間の事で通常、地下四〇メートルより深い空間をさす。だがこの場合、おおむね地下五〇〇～一〇〇〇メートルで、そこに造られた直線のトンネルの中を真空にし、空気抵抗をゼロにした状態で乗り物（シューター）を移動させるシステムである。故に、地下鉄のように途中下車は不可。出発点と到達点（目的地）の間を弾丸のように突き進む。正に、弾丸ライナーだ。補足ではあるがこのシステムでも一部、慣性を制御しているのでジオシューターという。彼（ロック）はそんなジオシューターをいくつも乗り継いでオーストラリアまでやって来たという訳だ。乗り継ぐと言ってもいちいち乗降するのではなく、シューター自体が目的地別のトンネルに移行するのである。こうしてロックはＩＰＳＤシドニー支部に到着。メインホールのディスプレイに向かって話しだした。

『コンピューター、私はロック。私の事は知っているな？』

「はい。存じております」

　すると、少し間を置いて、

『では屋上に着陸した宇宙船のコンピューターにアクセスし、その宇宙船の出入り口を直ちに封鎖するよう指示してくれ』

「解りました。少々、お待ち下さい」

『これで、一安心だ』

　数秒後、

「ミスター・ロック」

『どうだ。成功したか？』

「いいえ。拒否されました」

『どういう事だ？』

「データ不足です。理由を求めています。お手数ですが直接、お話し下さい」

　余談ではあるが、こういったＩＰＳＤやビルシティーなどの施設では概ね、応対するディスプレイ画面には若くて美人系の女性の映像が映る。この時もまた、その手の美人だった。まぁ、かずさ遺伝子研究センターの朝生さんは例外ではあるのだが……

　ほどなく宇宙船のコンピューターとアクセスし、そのディスプレイ画面にもやはり女性の映像があった。だが、どこか今までのパターンとは違うように思えた。

「初めまして。私は宇宙船マーキュリー号のメインコンピューター、ティアと申します。あなたは？」

『私はロック。自己紹介は後だ。率直に言おう。今、この星の大気は殺人ウイルスに汚染されている。船の乗員が外に出れば、すぐに感染してしまうだろう。君も調べて知っていると思うが、人類はほぼ絶滅してしまった。このウイルスの所為だ』

「解りました。しかし、安心して下さい。この船の乗員は一人です。その一人も長旅の疲れから現在、ケアカプセルの中で休息中です。目覚めましたら私から説明しておきましょう」

『ありがとう助かった。ところでケアカプセルとは？』

「ケアカプセルとは、人間の体調を整えるために造られた一種の生命維持装置です」

『なるほど。では、改めて聞く。君達は何者ですか？』

「私達は人類初の有人系外惑星探査船と、その乗員です。二一二五年五月九日、地球を出発。行き先は大熊座の方角、人類初の恒星間飛行でした。帰還は一年後を予定していましたが航行システムの不備により十六年後の現在、シドニーに帰還しました。

その当時、発見されていた星（惑星）を調査する計画が既にスタートしていました。バイオスフィアとアンドロイド開発計画です」

『なるほど。後者の計画は、よく知っています』

「この船の乗員であるマット・ブラウ博士は当時、アンドロイド開発計画が成功した後に有人探査を行うと言う当局の方針に賛同出来ず、当時既に完成していたこのマーキュリー号に密かに手を加え当局の制止を無視し、ほとんど略奪同然に飛び立ちました。目的は、勿論系外惑星の探査です」

『それは、ちょっと違うぞ！　ティア』

「博士！」

『略奪ではなく、奴らのとろいやり方に代わって老い先短いこの儂が探査に行ってやったのだ。解ったかねロック君』

『あっ、はい。あなたがブラウ博士ですか』

『そうだ。お前さん、もしかしてあの失敗作のロクなのか？』

『ロク？』

『ああ失礼。こうして私を出迎えてくれたのだから、失敗作と言うのは取り消す』

『いえ、そうでは無くて私はロックと呼ばれていたと聞いていましたから……』

『その事か。当時、君の開発グループ内では確かに君をロックと呼んでいた。だが、儂の宇宙船建造グループ内では皆、ロクと呼んでいたのだ。確か…君の正式名称はＦＴＣ０６ＡＩ・自動リカバリーシステム搭載型アンドロイドだったと思うが……』

『はい。その通りです』

『そうか。で、この06と言うのは6番目に造られたと言う意味だ。そこから、我々はロクと呼んでいたのだ。この方が東洋的で、良いって事でな』

『そうでしたか…それはそうと今、この地球は大変な事になっています』

『そのようだな。先ほどの話を聞かせてもらったよ。どうやらティアは正常のようだ』

『他にも、大変な事が起きています』

『まだあるのか?』

ロックは、この星の現状を説明しようとした。その時、この建物の上空で大きな爆発が起きた。その衝撃波が建物全体を大きく揺さぶった。ゴゴゴゴ……不気味な音が彼らを包む。

『何だ! 何が起きた?』

ブラウ博士が、思わず声を上げた。

「ここより上空、約一〇〇メートルにて爆発が起きました」

ティアが答えた。どうやら、この建物のシステムとリンクしたようだ。更に、ブラウ博士が問う。

『どういう事だ』

「飛散した物体の破片から、どうやらミサイルのようです」

『なるほど。そうきたか……』

　つぶやくロックに、

『何か、知っているのかロク君！』

『はい。これが、先ほど言いかけた他の大変な事です』

『何？』

『現在、宇宙の発電プラントと地球の間に、異星人の乗ってきた宇宙船が居るのです。この爆発は、おそらく彼らからの攻撃です』

『何だと！　なぜそんな重大な事を先に言わんのだ。そいつらは、既知の異星人ではないのだな！』

『その通りです』

『その通りって、落ち着いている場合か！』

　と、その時またも爆発音と衝撃が……ゴゴゴ……

『おそらく、奴らはマーキュリー号の熱を探知して攻撃してきたのだろう。ティア、今この船はドーム内に格納されているな？』

「はい」

『そうか』

『博士、そこは危険です。宇宙服を着て早く私の所まで来て下さい』

『言われんでも、そう…しとる…わい』

既に、博士は宇宙服を着はじめているようだ。

『――よし！　では行くぞ、ティア』

「はい」

『でも博士、私の居る場所は解りますか？』

『もちろんだ。儂は、ここの所長だった男だ。君が今、どこから話しているかぐらい手に取るように解っとる。心配せんで待っておれ！』

『……』

『なるほど。この星の防衛システムは健在だという事か……それとも生存者が、そうさせたのか？』

『益々、厄介な事になってきましたね。艦長』

と、隊長が相槌を打つが、それには構わず、

『航海長！』

『はい』

『後で、私の部屋に来るように…いいね！』

『えっ！　まさか……はい艦長』

『ところで隊長。この星の軍事・科学・技術そして社会構造や全体のシステムに関する情報は先ほど君が提出した資料……だけなのかね？』

『はい。少ないとお思いでしょうが、この星のコンピューターのセキュリティーシステムはとてもしっかりしていて、我々はどうしてもこれ以上の情報を引き出す事は出来ませんでした』

『なるほど。この星のコンピューターは、よほど優れているようだな。それとも君達が無能なのか、どちらかと言う事…か』

艦長は、そう言うと眼下の地球を見ながら何か考え込んでしまった。そこで隊長が小声で近くの航海長に
『航海長』

『はい』

『君の上司（艦長）は、いつもこんな調子なのか？』

『はい……まぁ』

『これじゃあ君達、部下は辛いだろう』

『……』

するとその艦長がおもむろに口を開いた。

『よし！　では、こうしよう。航海長、隊長、先ほど見せてもらったあのアース人を捕らえてくるのだ』

『あっ！　なるほど。そのアース人からこの星の情報を聞き出すのですね。さすがは艦長』

『返事をまだ聞いてないぞ、航海長』

『はい。了解です』

『それから隊長』

『何でしょう』

『君も、このあと私の部屋に来てくれたまえ…いいね』

『はい艦長』

ＩＰＳＤオーストラリア支部、そのメインホール。ロックは、ブラウ博士の姿を確認するやいなや駆け寄り、博士の手を取った。

『よくご無事で……お帰りなさい。そして初めまして、私がロックです』

『おっ…おお。ただいま帰った、出迎えご苦労。君がロック君か。私がブラウだ。よろしく』

『こちらこそ。博士、私は目覚めてから初めて生きた人間に会いました。感動です！』

『こうして見ると、本当に人間そっくりだな。儂も感動したぞ……ん、アンドロイドが感動だと？』

『それより博士、これから私と一緒に来てもらえませんか？』

『来いとは、いったい何処へ？』

『北米のアリゾナです』

『なぜ、アリゾナなんぞへ……そうか、バイオスフィアだな』

『そうです。そこに世界で唯一の生存者が居るのです』

『何！　儂の他にも生存者が居るのか』

『はい。十四歳の女性です』

『なるほど異星人が来襲してきている今、彼女が心配だと言う訳か』

『行ってくれますね？』

『解った』

『では、ちょっと失礼します……アテナ！』

「はい」
『直ちに、ジオシューターの手配を頼む』
「了解」
『アテナ……』
ブラウ博士が、少し首をかしげた。と、それに気付いたロックが答えた。
『アテナは私のサポートコンピューターです。このイヤリングで交信しています』
『ほほう。では、儂の方もサポートコンピューターを紹介しよう』
すると、今度はロックが首をかしげた。
『ティアよ！　入ってきなさい』
「はい」
そう答えた本人が、メインホールの入り口から入ってきた。
『初めまして、ティアです』
それは、どう見ても人間の女性だった。
『こちらこそ、ロックです…博士、この女性は？』
『今、言ったじゃろうが。儂のサポートコンピューター、ティアだ』
『ティアって確か、マーキュリー号のコンピューターの名前じゃないですか？』

『そうだとも。今は、このアンドロイドボディーで儂に同行しとるがな』

『アンドロイドボディー…ですか』

それは今まで見た、どのアンドロイドよりも精巧に造られたアンドロイドだった。人間に譬《たと》えるなら二十代半ばの女性だ。アンドロイドだと言われなければ、誰も信じないだろう。

『どうだ。君も人間そっくりだが、ティアも負けてないだろう？』

『は、はい』

『儂も、最初は驚いたがな。ちなみに、お前さんもこのティアも日本人が造ったそうだ。あの民族は昔から器用だったからな。儂の最も好きな民族だ』

ほどなく、三人（？）はジオシューターに乗り込んだ。シューターが微かな音をたてながら僅かに、浮き上がったかと思うと急激に加速した。

『で、博士。彼ら異星人達は、バイオスフィアの彼女の存在に気付いたようなのです』

『チッ！』

『アテナ、先ほどの映像を映してくれ。出来るな？』

「はい」

するとジオシューター備え付けのディスプレイ画面に、渦中のイヴさんが映し出された。

『なるほど、美人じゃないか』

『問題は、彼女の左上に小さく映り込んでいる飛行物体です』

『アテナ、この飛行物体を拡大してくれ』

すると、例の釣り鐘状の物体が徐々に、鮮明になってゆく。すると、その物体を見たブラウ博士が、意外な反応を示した。

『この形……』

『どうしました博士』

『儂が調査に行った星でもこれに似た物体を見たような……ティアよ、お前のデータベースで調べてみてくれ』

「はい」

少し間を置いて、ティアがロックに話しだした。

「ミスター・ロック、このディスプレイを使わせてもらいますが、よろしいですか？」

『ああ、いいですよ。どうぞ』

すると、ティアはそのしなやかな指をディスプレイの端に付けた。と、見る間に初めて見る風景が映し出された。薄緑色の空、青い植物。そして、どこか有機的で風変わりな建物が見える。

『これは……』

『そうだ。地球ではない。儂が調査に行った大熊座四十七番星の惑星だ。この星には、かつて知生体が居て繁栄していたらしい。だが、何らかのアクシデントが起こり、彼らは姿を消していた』

『何故ですか？』

『結局、詳しい事は解らなかった。しかし……ティアよ、この画面の右下の物体をクローズアップしてくれ』

それは、全体の三分の一ほどが傾いて、地面にめり込んだ釣り鐘状の物体だった。

『こ・これは……』

『似ているだろう。先ほどの飛行物体と』

『今、上に居る連中はあの星のやつらと同じかも知れん…と言う事だ。お前さん、もう上のやつらを見たのか？』

『はい。衛星軌道上の発電プラントで、直接会って話をしました』

『何！　話をしただと』

『はい』

『どうやって!?』

ロックは、発電プラントでの出来事を話して聞かせた。

『ウ～ン』

ブラウ博士は、大きな溜息をついた。そして……

『……で、連中はどういう姿だった?』

『ちょっと待って下さい……アテナ』

「はい」

『私の見たものを、このディスプレイに映す事は出来るか?』

「可能です」

『どうすればいい?』

「まず、左耳の上、帽子状の側面にボタンがあります。それを押してください。そして、右手の人差し指をディスプレイ画面の端に添えて下さい」

ロックは、指示通りに行った。

『次は、どうしたらいい?』

「ディスプレイに、出したい場面の映像を思い浮かべて下さい。それで映るはずです」

『解った』

　すると、ほどなくディスプレイにロックが見た異星人の姿が映った。

『なるほど。これが上の連中か』

『はい。彼らは、自分達の事をスクリッターと言っていました』

『よく解った。では、儂の方のデータも見せよう……ティア、この映像の横に儂らが見た、あの釣り鐘状飛行物体の乗員を映してくれ』

「はい」

　彼女もまたスクリーンの端に指をあてがった。すると、画面の右半分にそのデータが映し出された。

『えっ!!　こ、これは……』

『どうだ、姿は同じだろう』

『はい。しかし、これは……』

　ディスプレイの右半分に映った異星人は、室内（おそらく例の飛行物体）の床に横たわっている。しかし、その頭部は数センチメートルほど破損していた。

『これは、生体ではない!?』

『そうだ』

破損した部分からメカニカルな内部が見えていた。

『どうだ、ティア。この二つの映像の個体は同じだと思うか？』

「映像自体から解析した限りでは、九〇パーセント以上の確率で、両者は同一種であると思われます」

『つまり、連中は異星人ではなく、異星人が造ったアンドロイドだと言う訳だ』

『すると、彼らは私と同類だと言うのですね』

『いいや、だいぶ違う。お前さんは他の惑星での、人体に対する影響や危険性について調べるために造られた。それに対し、連中はオートマトンだ』

『オートマトン？』

『それはな、二十世紀末の科学者が考えだしたもので、別の惑星に送り込んで、その惑星を人が住める環境に改造する。そういう目的で造られたアンドロイドだ。更に、こいつらは自己複製をするようにプログラムされている。早い話が、行った先でどんどん増えていき、皆で力を合わせて惑星を住みやすくするぞ！　てーやつらな訳だ』

『つまり、彼らはオートマトンの異星人バージョンという事ですね』

『そうだ。物分かりが良いな』

『では、プログラムを変えてやればいいのでは？』

『ところが、どうもそんなに簡単ではないようだ。何せ、相手は異星人が造ったアンドロイドだからな』

『……』

気がつくと、ジオシューターはバイオスフィアの地下ステイションに到着していた。何の振動もなかったので、アナウンスがそれを知らせなければ誰も気付く事はなかっただろう。そして全員メインホールへ。ここにあるディスプレイにロックが歩み出て語りかけた。

『コンピューター、上の…バイオスフィアの状況を報告してくれ』

「失礼ですが、あなたは?」

『私はロック』

「……しばらく、お待ち下さい」

『しばらく、お待ち下さいだと?』

ブラウ博士が、ボソッと呟き、ロックと目を合わせた。

『ちょっと様子が変ですね』

そうロックが言うやいなや、唐突にイヴさんの声が響き渡った。

『ミスター・ロック、大変です。すぐこちらに来て下さい。急いで!』

『解りました』

『どうも、ただ事ではなさそうだな。行くぞ！』

『はい』

三人はすぐにエレベーターに乗り、バイオスフィアのメインホールへ。するとイヴさんが待ち構えていた。といっても立体映像でだが……

『どうしたんですかイヴさん』

『外で…外で戦闘が』

イヴさんが、そう言うと近くのモニターを指さした。そこに映っていたのは、こちら側に、つまりバイオスフィアを背に立っている人影が一つと、それに対峙して立つ人影が二つ。この二名の手には、何か武器のようなものが握られていて、それが背を向けて立っている者に向けられ、何か話をしているようだ。が、よく見ると画面の左端に誰か一人、倒れている。背を向けている人物が、倒れている者を庇《かば》っているように見える。だが、その手に武器が握られているかどうかは解らない。正に、一触即発の場面だ。

『なるほど。これは、ただ事ではないな』

ボソッとブラウ博士が呟くと、すかさずイヴさんが質問した。

『ロックさん、この人は?』

『彼は、ブラウ博士。君以外では唯一の生存者です。もう一人は、アンドロイドのティアさんです。って、それどころじゃない。とにかく外の状況を何とかしないと』

と、ふいにモニターが映らなくなった。どうやらモニターが壊されたようだ。すぐに、別の角度からの映像に切り替わった。戦闘が始まったようだ。それを合図に、ロックが外に出ようと動き出すが、その肩をブラウ博士が強く掴み、引き止めた。

『慌てるな。外の連中をよく見ろ』

『あっ!　あれは…見覚えがあります』

『そうだろう』

画面が切り替わった為、二人組の顔をよく確認出来るようになった。その内の一人は、宇宙の発電プラントで遭遇した異星人だった。

『それに、倒れているアンドロイドにも……』

そうロックが言うと、すぐにイヴさんが、

『そうです。あれはリードです。早く何とかしないと……』

『まぁ、落ち着け。モニターをよく見てみろ』

すると、手前に映っている人影が見る間に変化してゆく。最初は動きやすそうな身なりの女性に見えていた姿が、全身、鏡のようなメタリックボディーになり、頭部にはロックのような帽子、目の部分には、その窪《くぼ》みにピッタリ合うようにメタリックなサングラスのような保護具が装着されている。そして右手には槍のような武器が握られていた。

『すごい！　まるで戦闘マシーンだ』

『そうだ。あれは、戦うために造られた特殊なアンドロイドだ』

するると、二人組が手にした懐中電灯のような武器で攻撃を始めた。どうやらレーザーのようなビームを放っている。それは正確に、手前のメタルボディーのアンドロイドに命中しているが、鏡に反射するように弾き、ダメージを受けていない。そして反撃。二人組も、いつの間にか盾のようなもので攻撃を躱《かわ》している。

『す…凄い！　でも、今のうちにリードだけでも助け出さなければ』

ロックが又も外に出ようとすると、今度はアンドロイドのカレンがそれを制止した。

「すみませんが今、あなたを外に出す訳にはまいりません。私どもは人間を危険に晒《さら》させてはならないとプログラムされていますので、戦闘の現場に出す訳にはまいりません」

『博士はともかく私も、ですか？』

「はい。私の主《あるじ》、イヴ様が私に命じました」

『命じた？』

「はい。ミスター・ロックを守りなさいと」

『解った。ロック君、その命に従おう』

『博士……』

『よく考えてみたまえ。君や儂があそこに出て行った所で、やられるのが落ちだ。君の能力を使っても、ただでは済まないだろう』

『そうですよ』

すぐにイヴさんが、相槌《あいづち》を打った。

『イヴさんまで…』

『まぁ、聞け。外で戦っている連中は全員、マシーンだ。あの様子では、お前さん（ロック）より戦闘力は上だろう。儂が見た所では二対一だが戦力は互角か若《も》しくは、手前の彼女の方が強いだろう』

『それでは尚更、止めなければ…放っておく訳にはいきません』

『ウ〜ン……』

『私は、あの異星人の一人と面識があります。私が出て行けば話を聞いてくれるでしょう』

『でも……』

イヴさんは、尚も心配しきりのようだ。

『大丈夫。彼は、好き好んで戦うような異星人ではありません。むしろ今のイヴさんのように私の安否を気遣ってくれるような人、いや異星人なんです。それに私にもある程度の防御力や戦闘力も備わっています。アンドロイドの中では、かなり強い方だと思っていますから』

『解った。行きなさい』

ブラウ博士が賛同し、続いてイヴさんも……

『解りました。充分、気をつけて下さい。カレン、ロックさんを外へ案内してあげて』

「はい。どうぞ、こちらへ」

『ありがとう。行ってきます』

そうしている間にも三体の戦闘は激しさを増し、どちらかが戦闘不能になるのは時間の問題のように思えた。そんな時、ドームの中心にある建物からロックが一人、出てきた。すると激しい戦闘が瞬時に停止し、全員ロックを見た。そして異星人（アンドロイド）の隊長と呼ばれていた者が口を開いた。

『やはり生きていたか。艦長の言う通りだったな』

『争いはやめて下さい。隊長…でしたね』

『それでいい』

『あなた方の目的は何ですか？』

『それは……』

と、隊長が言いかけた時、傍らの航海長が突然、会話を遮って話しだした。

『隊長！　大変です。間もなくここに隕石が落下してきます。急いで避難して下さい』

『何だと!!』

するとと、倒れていたリードが、

「――間違いありません。このままでは、ここに居る全員が塵になってしまいます。戦闘をやめ、直ちに建物の中へ！」

『解った。航海長も戦闘をやめ、彼らに従いたまえ』

『了解』

ロックとメタルボディーの彼女は、リードを支えて今しがたロックが出てきた所へ。

そしてリードが一言。

「カレン！　ここを開けてくれ。緊急事態だ」

ドアが開き全員、吸い込まれるように建物の中へ突入した。ロックがその場に居る全員をエレベーターへと導く。

『皆、早く！　このエレベーターの中へ。ティア、皆をジオシューターへ。頼む』

「了解」

『イヴさん。聞いているかい？』

『はい。ロックさん』

『君も早くこちらへ。ウイルスに感染しない対策を講じてジオシューターへ行ってください。出来ますか？』

『はい。でも、どうしたんですか？』

『間もなくここに隕石が落ちてくる。早く避難してください』

既にブラウ博士や異星人達はエレベーターに乗り、地下へと向かった。すると、一人残ったロックの元へ慌ててイヴさんが現れた。ブラウ博士と同じ気密服を着た映像ではないイヴさんだ。その時、バイオスフィア全体に警報音が鳴り響いた。と、エレベーターで降下中の航海長が呟く。

『ダメだ。間に合わない……』

地球に落下してくる隕石は、音速の四十～九十倍。時速にして五万キロメートルから一〇万キロメートルという猛スピードである。しかも主成分は岩石や鉄であるため、その破壊力は核爆弾、数十個分に相当する。バイオスフィア程度の施設ならば、直径三〇メートルもあれば跡形もなく吹き飛んでしまうだろう。今回は正に、このケースである。このスピードと破壊力の前に、ＥＭ効果はもちろん反重力シールドでさえ、もはや何の役にも立たなかった。だが、この隕石がバイオスフィアに激突する刹那、常識では考えられない事が起こった。

『こ……これは？』

イヴさんがボソッと呟く。そこは真っ暗で、物音一つしない静寂が支配している空間だった。

『ウ…ウ～ン……いったいどうしたと言うんだ』

ブラウ博士も居るようだ。そして明かりがついた。まるで二人の声に反応したかのように。そこは白い部屋だった。そこに私（ロック）を含め、数人が倒れている。

『これは、いったいどうした事だ』

思わず私（ロック）も声を上げてしまった。

『大丈夫ですか？　ロックさん』

『はい。何とか』

イヴさんが気遣ってくれた。すると出し抜けに、

『これが、この星の科学技術…か？』

隊長が言った。それに対し、

『そのようですね』

航海長が答えた。

「確かに隕石が激突したはずです」

ティアが発言した。そして私は、部屋中を見渡し……

『あの場所に居た全員が、この部屋に居る！……ここはどこだ？…バイオスフィアではないようだが』

「その通りです」

リードが即答した。

『すると、一瞬の内にバイオスフィアとは別の場所に移動したと言うのか！　しかも、エレベーター内の者とフロアに居た者が同時に』

ブラウ博士が、付け加えた。

『何を言う？　これが君達、アース人の科学技術ではないのか』

隊長が、すぐに切り返した。

「残念ながら、今の地球の科学では説明出来ない現象です」

メタリックボディーの彼女？　が、初めて発言した。

『えっ！　その声、まさか……アテナ？』

「そうです」

『でも、少し前まで私と交信していたはず……だが』

『やはり、そうだったか』

『博士、知っていたのですか？』

『薄々はな。いいものを見せよう。ティアよ』

「はい」

『戦闘モードに、切り替えてみなさい』

「了解」

すると見る間に彼女の体組織が変化してゆき、メタリックなボディーに変わってゆく。そして、今のアテナと同じになった。

『えっ！　ええ～!!』

これには、かなり驚いた。

『まぁ、こういう事だ。解ってもらえたかねロック君』

サラリと博士が、言ってのけた。

『それはそうと、この現象を我々にも納得のいく説明をしてくれないだろうか？　我等はもう君達と戦う気はない。外で戦った相手がもう一体も現れたのでは、とても勝ち目はないからな』

隊長が、少しイラついた感じで話した。

『ウ～ム……』

ブラウ博士、イヴさん、そして私も頭を抱えた。そして、出し抜けにイヴさんが
……

『あっ!!』

『どうしたんですかイヴさん』

『私、気密服を着ていない』

『おおっ！　儂もだ』

二人は思わず口をおさえて青ざめた。その時、又しても不思議な事が起きた。

《ミス・イヴ、ブラウ博士、ご心配には及びません。この部屋に、リブズウイルスは存在しません》

『誰だ！』
ブラウ博士が叫んだ。
《誰でもありません。皆さんをここに移した者です》
全員が顔を見合わせた。どうやら、この声は皆に聞こえているようだ。更に、ブラウ博士が話を続ける。
『ここに移したって、どうやって？　それに、ここは何処なんだ』
《どうやってかは、私にも説明出来かねます。強いて言うなら、これが私の能力。としか答えられません。そして、ここは何処かと言う事は私が申し上げるより間もなく解るでしょう》
『…ともかく、何者かは知らんが礼を言っておくべきだろう。ありがとう。助かった』
《いいえ。私も、この星に生を受けた者として当然の事をしたまでです》
『――――と言うと、あなたは生存者!?』
思わず口を挟んでしまった。
《はい。しかしながら、あなた方とは異質の存在です》
『ミュータント……か』
ブラウ博士が、ボソッと呟いた。が、これに対する答えは無かった。

『すると、あなたはリブズウイルスの保菌者なのでは？』

この質問は、イヴさんだった。すると、

《そうかもしれません。ただ、この場を借りてあなた（イヴ）には謝罪しなければなりません。あなた方が地球に着陸した時から私は、あなた方を観てきました。しかし、その頃はまだ私にこのような能力は発現していませんでした。もう少し早く発現していたならばあなた方、あの時の全員を救えたかも知れません。残念です。そして、申し訳ありませんでした》

『いいえ……』

『どうかしましたかイヴさん』

『えっ。（今の声は他の人達には聞こえていなかった？）…いいえ、何でもありません』

《さて、話が長くなってしまいました。そろそろ、ここの責任者がお見えになる頃です。では皆さん、お元気で》

その時、ただの壁だと思っていた所が突然開いた。反射的に全員が身構えた。そして静かに何者かが部屋に入ってきた。その者が私を見つけて、こう言ったのだ。

「お久しぶりです。ミスター・ロック」

『その声は…』

「朝生です。他の皆さんはどなたですか？」

それは、アンドロイド化した朝生さんだった。

『あ、いやその……まず私の話を聞いて下さい』

そこで私は、彼に今までの経緯や皆の事をかいつまんで話し、他の皆には朝生さんが何者かを説明した。

『すると、ここは日本だと言うのか？』

この、ブラウ博士の問いに朝生さんが……

「その通りです。しかし私には、どうやってアメリカのアリゾナから一瞬の内にこの、かずさ遺伝子研究センターへ移動したのか理解出来ません。ご説明願えますか？」

『それは儂にも解らんが多分、テレポーテーションだ。なぜならば、儂らがここに移動する際、何ひとつメカニカルな処置が行われた形跡が見当たらないからだ』

「非科学的な説明ですね。私には理解出来ません」

『儂も同意見だ』

「……」

『ところで、我等にも君らの事を解るように話してもらえないか、ミスター・ロック』

そこで私は、今までの経緯とリブズウイルスについて隊長達に話しだした。すると、ブラウ博士が口を挟んだ。

『おいロック君、彼らにこんな事をペラペラ喋っちまって大丈夫か？』

『大丈夫だ！』

力強く隊長が答えた。更に、

『我等は、同胞に裏切られた。故に、もう君達と敵対する理由は無くなったのだ』

『どういう事ですか？』

『それは、私が説明いたします』

と、航海長が……しかしこの時、部屋全体が揺れた。と言うより建物全体が振動した。

『こ…これは、どうゆう事だ！　確か、ここの建物は断震構造で地震は感じないはずではなかったのですか？　朝生さん』

「その通りですミスター・ロック。ですから、これはおそらく……」

この発言を遮って航海長が言葉を続けた。

『この揺れは衝撃波…ですね』

「その通りです。たった今、観測されました。ここから直線距離で、約五〇キロメートルの場所、つまり東京に隕石が落下しました」

『何だと!!』

　ブラウ博士が怒鳴った。

「この揺れから推測しますと、おそらく東京は壊滅しているものと思われます」

『……』

　ブラウ博士と私は、あまりの出来事に無言で立ち尽くしていた。すると、

『朝生さん』

「何でしょう?……ミス・イヴ」

『調べてもらえないでしょうか、アメリカのバイオスフィアの事を。バイオスフィアは今どうなっていますか?　それと、世界の現状を教えてもらえませんか?』

「少々、お待ち下さい」

　メインコンピューターにアクセスしているようだ。十秒ほど動かなくなった。

「バイオスフィアは現在、ありません。バイオスフィアのあった場所には、直径三〇〇メートルのクレーターがあり、周りには何も残っていません」

『やはりな』

「世界では、この他にパリ、ニューヨーク、デリーなど東京を含めて七つの都市に隕

石が落下。いずれも都市機能が喪失しています」

『バカな！　地球の防衛システムはどうなっているんだ』

『そうだ。私もそれが知りたい。確か防衛システムは復活したはずだが。そうだな……アテナ』

「はい。その通りです」

既にバトルモードを解除し、最初に会ったティアさんのような姿になっているアテナが平然と答えた。

『では、なぜ隕石を防げなかった？』

「調べてみます」

彼女も、動かなくなった。しばらくして……

「解りました。防衛システムコンピューターによりますと、隕石は地上、約三〇〇〇キロメートルの空間に突然現れ、秒速約十五キロメートルのスピードで落下。それ故、防ぐ事が出来なかったとの解答です」

『そんなバカな！　観測装置が故障していたんじゃないのか？』

『いや、故障ではないでしょう』

航海長が答えた。

『どういう事ですか？』

『先ほど話そうとしたのですが、我々は知生体の存在が可能と思われる惑星を開拓する事が任務です。もし目的の惑星に不具合があるのならば、それを排除する事もやむを得ない事としてきました。もちろん知生体の不在が条件ではありますが、今回は、これに該当するケースとして攻撃したものと思われます』

『攻撃だって？』

『はい。我々は異星人の文明的遺産が、我らの目的を阻害、つまり抵抗してきた場合、反撃を許可されています』

『するってーと、この隕石は、あんたらの意図的な攻撃だと言うんだな？』

ブラウ博士が腹立たしさのあまり、べらんめえ口調で怒鳴った……が、

『そうです』

と、事もなげに答えた。私は、すかさず質問した。

『どうやって!?』

『近くの小惑星に次元間転送装置を付けて呼び寄せたのです』

『……』

『今回は我々と戦った彼女、これを抵抗と受け取ったようです。しかし……』

『しかし……何ですか？』

『しかし、この方法は本来、システムの無力化を目的としたものです。同胞や異星人を巻き添えにするなど……あってはならない事です』

続いて、隊長が話の補足とばかりに語りだした。

『つまり、上に居る艦の艦長の仕業だ。奴は、我々にあのドームに居るアース人を連れてくるよう命じた。そして戦闘になり、そこへ…ミスター・ロックだったか？』

『はい』

『君が加わったのを確認した艦長はここに、この星の知生体の全てが揃ったと思い、隕石を落としたのだ。そうすれば、目的の障害は無くなるからな』

『まぁ、その考えは外れてないがね』

ブラウ博士が相槌を打った。

『そこに、我々も居る事を知っているにもかかわらずに…だ！』

『……』

『隊長。我々は見捨てられたのですね』

『いや、裏切られたのだ！　目的遂行のため、我らを犠牲にした』

『あの艦長なら、やりかねないですね』

『なるほどよく解った。では、我々に協力してくれると言うのだな』

『先ほどから、そう言っている！』

『でも博士、これからどうします？　外には、まだリブズウイルスが残っているかも知れません。更に、衛星軌道上には彼らが睨《にら》みをきかせています』

私は、ブラウ博士に今後の事について聞いてみた。すると、それに答えるかのように地響きのような不気味な音が聞こえた。

『今度は何なの？』

イヴさんが不安げに、誰ともなく聞いた。それには隊長が答えた。

『この音は、おそらく第二段階の処理を始めたのだと思う』

『と言うと？』

もう何が起きても……と、少々開き直った態度でブラウ博士が隊長に聞き返した。するると、思いがけない答えが返ってきた。

『この星の海底火山に、隕石を落としたのだ』

『ナニッ!!　そんな事をしたら地下のマグマやプレートに、どんな影響が出るのか予測出来んぞ。世界中の火山が噴火するかもしれん。大変な事になるぞ！』

『いいえ、それほどの事は起こりません。プレートの端で大地震が起き、陸地の一部が海に沈むか、当の海底火山の近くに島が出来る程度です』

『何故そう言い切れる!?』

『実績に基づくデータがあります』

『……』

『ですが、目的はそれではありません』

航海長が、落ち着いた口調で説明した。

『では、何が目的なんだ！』

興奮し、真っ赤になったブラウ博士が食い下がった。

『巨大な嵐です』

『ハッ……ハイパーケーンかっ!?』

「ハイパーケーンとは海水の表面温度が五〇℃以上になった時、発生すると言われている想定上の巨大ハリケーンの事です。が、ここは日本なのでハイパータイフーンと呼ぶべきでしょう」

ティアが冷静に解説した。

『冷静に解説しとる場合か！』

だが、尚も航海長の話が続く。

『通常では起こりえない嵐で建造物を一掃し、同時に隕石の落下で生じた大量の塵を大気中から除去します。こうして惑星を自然の状態に戻し、移住に備えていくのです』

ブラウ博士は、無言で打ち震えている。だが、それには構わず更にティアも発言する。

「それが事実なら、地球上の大都市は、そのほとんどが海沿いにあるので間違いなく壊滅するでしょう。一〇〇メートル以上もの津波と時速八〇〇キロメートル以上の風雨が都市を襲うのですから」

『だから、冷静に解説しとる場合ではなかろうが…もうすぐ、ここも壊滅するだろう。大きなビルシティーではないからバリアシステムも無かろうし……なんてこったい!!』

「いいえ、ご安心ください」

この言葉に、全員が声の主に注目した。朝生氏である。

「ここは、ウイルス研究のための隔離施設です。これより、このフロアは地下二九七メートルまで降下します。そこに至った後、三つの隔壁が出現します。事実上、耐久性は核シェルターよりも強くなるよう設計されています。ですからどうぞご安心下さい」

すると、音も無くフロア全体が降下しはじめた。数十秒後、緩やかに止まり、隔壁が閉じるような音が聞こえた。

『でも、このまま生き埋めなんて事にはならないでしょうね？　だって地上は何も残らなくなるかもしれないのでしょう？』

不安げに呟いたのはイヴさんだった。それに対し、朝生さんは更に付け足して言う。

「大丈夫ですミス・イヴ。このあたりの高台に複数のアンテナを設置して電源を確保していますし、地上がダメになった場合には臨時にジオシューターを起動する事も出来ますので」

『ありがとう。ミスター・アソウ』

「どういたしまして」

だが、私はその先の事を思わずにはいられなかった。

『ところで博士、これからどうしますか？』

『――儂に考えがある。皆、集まってくれ』

ブラウ博士がそう言うと、そこに居る全員を集めて今後の事を話しだした。一方、地球の衛星軌道上に居るスクリッターは……

『どうだ。作業は順調かね』

『はい艦長。まだ時間はかかりますが……』

『クリーンプラネットプラン。これを考案なされた総括議長には頭が下がる。このプランにより異星人の厄介な遺物を一掃する事が出来る上に、惑星本来の自然環境を復活させられるのだから……まったく〝素晴らしい〟の一言に尽きるというものだ』

『しかし艦長、先に地上へ降下した先行隊の隊長と航海長は無事でしょうか？』

『大丈夫だ。既に安全な場所に移動した。問題ない』

『了解。しかし、この惑星の規模から推測しますと、完全に初期化するまでかなりの時間がかかるでしょう。おそらく、あの恒星の反対側にこの惑星が移動する時まで。その間は地上の様子を見ることは出来なくなります。もし、もっと早期にと言われましてもそれは不可能です。同時に複数の嵐を起こす訳にはいきませんので』

『そうだな。まぁ、気長に待っておれば良い。後は任せたぞ』

『了解』

一か月後、太平洋の海中を移動する一台の乗り物があった。

『航海長さん。あなた方の技術は大したものですね』

『いいえ、それほどでも。我々もあなた方も知性体である事に変わりはありません。ですが、我々は生体ではありません。人類のような生体は、時としてメカニカルな技術を超えた能力を発揮します。この事実は我々の理解の外側のものです。この点において我々は、生体以上にはなれないのかも知れません』

『しかし、あなた方はこのGシューターを改造してくれました。水中でも航行出来るように』

『……』

『お褒めにあずかり恐縮だな。その生体が、このザマだ。何で又、この格好（気密服）なんだ？　外は、この嵐で世界の隅々にまであのURVが行き渡っていると言うのに……その証拠に今、稼働中のビルシティーや研究施設からの調査報告にもリブズウイルスは検出されてはいないのだろう？』

『その通りです。ですが博士、イヴさんと朝生さんがどうしてもと言いますので……私も博士の体が心配です。どうかご理解下さい』

『……まぁ、あれだ。儂が居ないと何も始まらないからな。ハッハッハ』

航海長、ロック、ブラウ博士の三人？　を乗せたGシューターは音もなく、水圧や水の抵抗を無視して水中を一路、オーストラリアへと向かっていた。

その頃、かずさ遺伝子研究センターでは……

『これからどうなるのでしょう。不安で眠れません』

「大丈夫ですミス・イヴ。ここなら安全です。食料などの人間が生活してゆくために必要な物資や施設は充分、整っていますから」

『いいえ朝生さん、そういう意味ではなくて……その……』

『その疑問には、私がお答えしましょう』

『隊長さん！』

『衛星軌道上の敵は、この星の時間にして約半年は何もしない。だが惑星の空が晴れ渡ったのを確認すると……云々』

『――敵ですか』

『そうだ。今となっては同胞とは言え、敵なのだ』

『ロックさん達は、無事オーストラリアに着くでしょうか？』

『……』

かつて、この惑星の知性体（人間）は、百年以上にわたって大量の二酸化炭素を大気中に放出してきた。そのため、二十一世紀末には海水面が以前（二十世紀初頭）に比べ、平均十メートルも上昇した。更に、大規模な気候変動が頻繁に起こるようになった。これにより世界の主要都市のおよそ半数が地図上から消えた。そう、文字通り消えたのだ。そして現在、海岸線の変わってしまった地球上に点在するビルシティー群。ほぼ、そこだけがこの星の文明の所在を意味していた。それは、取りも直さず、そこ以外では個人レベルでの生存が、難しい環境になってしまった事の証である。

ロック達がオーストラリアに向け、出発してから約半年が過ぎた。

『艦長！』

『何だ』

『惑星の大気が、ようやく晴れました』

『そうか。では探査機を出し、地上をくまなくスキャンしろ。結果が出しだい報告するように』

『了解』

数日後、スキャンの結果が艦長の元に届けられた。

『……なるほど。よくやった。でかしたぞ副航海長』

『ありがとうございます』

『直ちに処理班を編成し、惑星上で稼働している都市に向け、発進せよ。その機能を停止させろ。場合によっては破壊も許可する。以上！』

そして地上、オーストラリア某所では……

「ミスター・ロック」

『どうした、セス』

「地球上の空が晴れていきます」

『そうか。ではクーギィにアクセスし、こう伝えてくれ。直ちにプランCを準備せよ……と』

「了解」

『ちなみにプランA、Bはどういうものなんだ？』

『それはですねブラウ博士、まずプランAですがスクリッターによるビルシティーへのゲリラ戦に備えて、市長やその他のデータ映像をアンドロイドボディーに移す計画です』

『で、プランBは？』

『アンドロイド化したデータ映像達が実際にビルシティーで戦闘を行えるように武装し、訓練する計画です。もちろんスクリッターとです。あっ、すみません航海長さん！』

『いや、気にしないでくれ』

『そして今回のプランC……か』

『はい。さすがブラウ博士ですね。このプランCなら被害は最小限で大きな効果が期いっその事、ビルシティー自体には、大きなダメージになると思うがな。後始末が大変だ。いっその事、ビルシティーは放棄した方が良いかもしれんな』

『えっ！　そ、そうなんですか……』

『冗談だ。それはそうと、これからが正念場だ。クーギィからの合図が来次第、行動開始だ』

『了解』

『了解』

　度重なる隕石やハイパーケーンなどにより、世界で稼働中のビルシティーは千数百か所から、僅か六五五か所になっていた。その中でもビルシティー群と呼ばれている集合体に的を絞って、スクリッターの制圧部隊が降下してきた。ビルシティーの防衛システムは正常に作動していたが、彼らの前には殆ど効果がなかった。

「ミスター・ロック」

『やぁ、クーギィ』

「はい」

『では、直ちにプランCを実行してくれ』

「解りました」

『さて、お手並み拝見だな』

その頃、日本のアカデミアパーク内にある、かずさ遺伝子研究センターでは……

『ところで隊長さん』

『何だね、ミス・イヴ』

『ずっと気になっていたのですが、隊長さんの名前は何というのですか？』

『君達、生体が言う所の名前と言うものは我々には無い。我々は、造られた時から既に役割が決まっている。それぞれの役割に適した機能を持たされた上に造られるので、当然その役職名をもって呼ばれる事になっている。つまり、それぞれの個体の機能が、そのまま君達の言うところの名前となっているのだ。君達、生体はそれとはまったく関係なく、ほとんど無意味な名前と言う概念のもとに、お互いを呼び合うようだな』

『ええ……そうかも知れません。でも、それが私達には普通で……そんな風には思った事もありませんでした』

三、惑星アース調査艦

この時点で、世界のビルシティーの対外防衛システムは、殆ど役に立たなくなっていた。ただ、都市の居住維持システムだけが虚しく作動していた。そこへスクリッターの武装戦闘部隊が一斉に、そう文字通り世界中のビルシティーへ同時に突入を開始した。この時をもって各ビルシティーにプランCが発動された。まずビルシティーのセンサーが、降下してきたスクリッター全員がビルシティー内へ突入したのを確認。直ちに入り口を閉鎖。侵入者は、ビルシティーのシステム制御中枢を目指し、更に進行する。シティー内の防御システムは正常に作動し、高出力のレーザーが侵入者を正確に狙い撃つ。最初の内はダメージを受けていた彼らだが、すぐに周りの空間を微妙に歪める事によりレーザーの光を屈折させ、無力化した。すると隔壁を次々に下ろし進行を防いだ。だが、これも彼らの武器により突破されてゆく。もはや彼らの進行は止められない。時を同じくしてオーストラリアからロック、ブラウ博士、航海長の乗った改造Gシューターが音も無く飛び立った。

『本当に大丈夫でしょうか？』

『何が、ですか？　ミスター・ロック』

航海長が聞く。すると、すかさずブラウ博士が答える。

『『ビルシティーの方なら問題なかろう』

いいえ。私が心配なのは、このGシューターです』

『もちろん問題ありません』

即答だった。

『航海長さん……』

『この乗り物は今、完全に重力を制御して飛行しています。すなわち周りの空間を歪めているわけです。ですから、まず発見される事は無いでしょう。尤も、当の調査艦は今、それどころではないと思いますが』

『まぁ、あなたが言うのなら……』

いつの間にか改造Gシューターは、衛星軌道上に移動していた。モニターが遥か彼方に浮かぶ人工的で巨大な球体を映した。

『なるほど。あれか…』

『直ちに接近します』

航海長が言い終わるやいなや、球体を真下に見る位置に着いた。

『今から着艦します』

航海長の言葉に声もなくロックとブラウ博士が頷いた。すると改造Gシューターは、ゆっくりと球体の真上（地球から見て）から数十メートルずれた何の変哲もない所に近づいてゆく。そこを注意深く見ていると、大きさは解らないが小さな丸いパネルのようなものがあった。明らかに他と異なる物質で出来ている。そこへ、何かを照射した。と、パネルの周りが同心円状に、およそ十数メートルが突然、窪みだした。

『どうしたんですか？』

ロックが問うと航海長は、落ち着きはらった様子で答えた。

『レーザーです。特定の周波数のレーザーをパネル状の部分に照射しました』

『これが、入り口の鍵と言う訳だな』

『その通りです。ミスター・ブラウ』

『どういう事です？』

『レーザーは、およそ自然界には存在しません。それを宇宙船の特定の部位に、特定の時間、照射する事で入り口が出現するというシステムです』

『つまり、レーザーが宇宙船の鍵という事だ。実に合理的だ』

『はぁ……そうですか。解りました』

　ロック達の宇宙船は窪んだ部分に吸い込まれるように入ってゆく。すると、不安げにロックが航海長に尋ねた。

『大丈夫ですか。中の人達には気付かれていませんか?』

『大丈夫です。これは緊急用の入り口ですから』

『おいっ！　ロックよ。お前さんこそ大丈夫か。もっと落ち着け。それじゃ先が思いやられるぞ！』


『た、た、大変です艦長!!』

『何だね副航海長。落ち着きたまえ』

『惑星上の都市に突入した処理班からの連絡、及び信号が一斉に無くなりました』

『なにっ！　どういう事だ』

『不明です』

『直ちに原因を調査し、報告せよ！』

『了解』

『総勢一万もの処理要員が突然、消えたとでも言うのか…知性体の居なくなった都市。

自動都市機能維持システム…こういった状況の中で外敵に対し、強力な罠を仕掛けるなどという事が出来るものだろうか？』

『艦長！』

『何か解ったのか副航海長』

『処理班輸送艇からの情報が届きました。それによりますと各処理班が建造物に突入した後、すぐに入り口が封鎖されたそうです。それ以降、何の通信も無くなったとの事です』

『そうか……』

そう言うと艦長は深く考え込んでしまった。

その頃、母艦（惑星アース調査艦）の中に潜入したロック達は、静かに改造Gシューター内に留まって機会を窺《うかが》っていた。

しばらくたって艦長が口を開いた。

『全輸送艇をこれから指示するポイントに集結させよ』

『了解』

『この艦もその上空へと向かう。直ちに発進！』

今まで、何の動力も作動していなかった母艦が急に騒々しくなった。と言っても外にではなく内側に、である。外側は宇宙空間なので音を伝える媒体が無いからだ。

『ブ～ン』という振動音と共に動きだした。すると、この時を待っていたかのように
ロック達が動き始めた。

『やはり動き始めましたね。航海長さんの考えた通りのシナリオですね』

ロックが小声で話すと、当然と言うように航海長が答える。

『論理的な理論の帰結です』

『そのフレーズ、どこかで聞いたことがあるような……』

『古いSF映画だ』

と、ブラウ博士。

『SF映画とは何ですか？』

すかさず航海長が聞き返す。

『あーもうそんな事はどうでもいい。それより、外には空気があるのか無いのか？』

『あります。このまま外に出ても差し支えありません』

『それを早く言わんか』

三人（？）は船外へ出ると、航海長の後についてゆく。重力もちゃんとあって、1Gよりも少し小さいと言ったところだ。改造Gシューターの入った広いフロアの壁を

航海長が触れると、その壁がディスプレイとなってこの艦の内部の地図が次々に映し出されてゆく。

『なるほど。こんな構造になっているのか……』

『これから、どこに向かわれますか?』

『どこに行くにもまず、セキュリティーシステムをダウンさせるのが先決だ、出来るか?』

航海長がしばらくパネルを操作し、そして……

『……やはりここからでは出来ないようです。しかし……』

と、ディスプレイの右下に表示してある記号に航海長が触れると、ディスプレイの左側の壁が突然消え、その先に明るい小部屋が出現した。

『さあ、どうぞこちらへ』

その部屋へと皆を促す。全員が入ると、すぐに壁は元通りに。そして航海長が話しだした。

『よろしいですか。セキュリティーシステムをダウンさせるためにはメインコントロールルームに行かなければなりません。でもそこには、この艦の艦長をはじめ主要メンバーが揃っています』

『それは、忍び込んだ意味がない』
『では、どうしますか？』
『ここからセキュリティーに引っ掛からずに行ける所はどこだ？』
『ゲストルームもしくはメンテナンスルームです』
『メンテナンスルームとは？』
『アンドロイド体の修復などを行う所です』
『あっ、なるほど』
ロックが一人、納得していると、構わずブラウ博士がひとこと。
『メンテナンスルームに向かう』
『了解』
一方、メインコントロールルームでは……
『艦長、侵入者です』
『映像を出してくれ』
メインコントロールルームの一方の壁、全体がディスプレイとなって映し出された。
『なるほどそういう事か。航海長の凱旋だ。しかもお客まで連れて……』
（どうやったか解らんが、あの航海長、無事だったようだ。あの様子だとアース人と手を組んだな。さて、どうしたものか……）

『どういたしますか？』

『しばらくほうっておけ』

『はい……あの、ここへ来るよう通達しないのですか艦長？』

『いや…少々事情があってな。どうやら航海長は絶滅したと思っていたアース人と手を組んだらしい』

『反逆…ですか？』

『そうだ』

『…あの航海長が……』

その頃、インドのニューデリーにあるビルシティーの1フロアでは、ある会議が催されようとしていた。ほの暗い部屋に徐々に人影が現れだした。外から入ってきたのではなく一人一人、出現してくるのだ。最終的にその数は六五五。

「皆様、この度は私の呼びかけに対し、よくお集まりくださいました。これより、この地球の危機的状況について再確認をし、その上で我々は今後どのように対処すべきかを話し合いたいと思います。私は日本の、つくば第一ビルシティー市長の鷲尾太礼と申します。云々……」

　彼らはアンドロイド化した世界中のビルシティーの代表者達だ。本来、彼らはオリジナルであるところの人間のデータをコピーした投影体である。その彼らが一堂に集まって会議とは……

「皆さんもご存知の通り、異星人のアンドロイドであるスクリッターは、人類のみならず我々の存在自体をも滅ぼそうとしています。我々は、自らの存在を賭けてスクリッターを排除しなければなりません」

　鷲尾氏がここまで話すと、集まった群衆の中の一人が、いや一体が話し出した。

「私は、このニューデリー第一ビルシティー代表のナーラダと言う者です。我々は当初、このビルシティーで開発されました。そして日本で改良され、皆さんが誕生しました。それ故、この危機を回避すべく皆さんにこのビルシティーにお集まりいただきました」

「我々は本来、オリジナルである人間の代理として誕生しました。しかしながら理由は解りませんが、今や我々は人間と同じ意識もしくは自我を獲得しました。そして今、異星人スクリッターの艦がアメリカのワシントンD・C上空に現れました。ここには世界のデータバンク（UDB）があります。これは人類に関するおよそ全ての情報が蓄積、保管されています。おそらくスクリッターは、それを狙っているのでしょう」

「それでミスター・ワシオ、具体的に我々にどうしろと言うのですか?」

痺れを切らしたかのように口を開いたのは、ワシントンD・Cの第三ビルシティー代表、シスレーだった。

「その質問はごもっともです。しかし具体的にどうするかは、まだ解りません。というのも、あのスクリッターの母艦の中に今、我らの同胞が潜入しているのです」

すると、一斉にざわざわと声を発して呟きだした。それを制するように発言したのはナーラダだった。

「潜入?……そんな事が出来るアンドロイドなど存在するのですか」

更に、ざわつきが酷くなり頂点に達した時、鷲尾氏が大声で発言した。

「解りませんか皆さん! 現在、この世界で唯一、自らの自由意志をもって行動しているアンドロイドを……」

すると皆、口々に……

「ミスター……ロック」「あのミスター・ロックなのか?」

「そうです。彼です。我々に、このボディーやレーザーシステムを与えて下さった恩人です」

そう鷲尾氏が発言すると、誰かがこう言った。

「……いいえ、彼こそは我らに、存在の意義を与えて下さった我らの救世主です」

と、その場に集まった者、全てが相槌を打ち、称えた。そして誰ともなく、こう言葉を続けた。

「我々は、無条件で彼に従います。何なりとお申し付け下さい」

これを合図とばかりに全員が一斉に膝をつき、頭《こうべ》を下げた。そして現れた時と逆に、突然、姿を消した。この出席者は全員、立体映像だったのである。

その頃、メンテナンスルームに到着したロック達は……

『航海長！　無事だったんですね』

メンテナンスルームのスタッフ達が、一人一人、航海長に近づいてきて嬉しそうに声をかけてきた。すると航海長は何も言わず、リーダーとおぼしき者と握手をした。

『感動の再会といった場面ですね』

そうロックが言う。だが当の航海長は、その手を中々放さない。

『それはどうかな』

ブラウ博士が意味ありげに、ほくそ笑んで言った。すると、握手の相手が我々を細い通路へと、いざなった。その先に小さな部屋が現れた。全員が、その部屋に入ると扉が閉まった。それをリーダーらしき者が確認すると……

『これで大丈夫です。我らは、航海長の味方です』

『ありがとう』

『どういう事ですか?』

航海長が説明しようとした時、握手の彼が、すかさず一歩前に出て口を開いた。

『これは我等の非常時通話機能です。何かの機能不全のため、音声を発する事が出来なくなった時に、相手と通話するための動作です』

ロックが首をかしげていると、それを察して、

『長い握手の意味だ』

ブラウ博士が補足した。

『そうです。お解りいただけましたか?』

『はい。しかし何故……ですか?』

『盗聴回避のためだ』

又してもブラウ博士。

『あなたは察しが良い』

『申し遅れました。こちらはブラウ博士、アース人です。そして彼はミスター・ロック、アンドロイドです』

航海長が二人を紹介すると、周り中のメンテナンススタッフがロックを取り囲み、彼をなめるように観だした。全員が驚きの声をあげ、感嘆した。

『本当にアンドロイドですか？』

『どう見ても生体としか思えない』

『素晴らしい』

『信じられない』

『……見事だ！』

最後に、航海長と握手をした彼がひとこと。

『もしあなたが損傷したなら我々には、とても元通りに復元する事は出来ないでしょう。素晴らしい技術です』

『褒め言葉はそれくらいにして、そろそろ本題に入らないか？』

ブラウ博士が横やりをいれた。

『これは失礼。申し遅れましたが私は、ここの責任者で整備主任です』

『解った』

『この星は、まだ滅びてはいません。彼（ブラウ博士）がその証拠です』

と、航海長が力説。対して整備主任が冷静に答える。

『しかし艦長は、どうしてもこの惑星を植民地化する気です』

『そのようだな。しかも既に我々の事にも気付いているだろう』

『その通りです。ですから、あなた方をこの部屋へお連れしました。ここなら監視される事はありません』

『でも、その事で一触即発の危険がどんどん近づいてきているのでは？』

『そうだ。ようやく、まともになってきたじゃねぇか。ぐずぐずしてられん。具体的な計画を話し合おう』

その頃、コントロールルームでは……

『艦長。侵入者の監視が出来なくなりました。いかがいたしますか？』

『最後に居た場所はどこだ』

『メンテナンスルームです』

『すぐに、そこを封鎖しろ』

『了解』

『艦長』

『今度は何だ』

『指示されましたポイントに到着いたしました。いかがいたしましょう』

『輸送艇は来ているか？』

『全艇、集結しました』

『よし！　艦内の全攻撃型アンドロイドを地上に降下させよ。但し、私の直属部隊は残るように。目的は地上の建造物に潜入し、アース人に関する全ての情報を奪取する事。出来なかった場合は建造物ごと破壊せよ。以上だ！』

『了解』

一方、メンテナンスルームでは……

『大変です！』

『どうした？』

『このエリアが封鎖されました』

『何！』

『袋の鼠…か』

『…鼠？』

『囚われたと言う事です』

ポカンとしている整備主任にロックが説明した。

『解ってるじゃねぇか。さて、どうしたものか……』

その時、どこからか威厳に満ちた声が部屋中に響きわたった。

『やあ諸君、聞こえているかね。私が、この艦の艦長だ。今、君らの部屋を封鎖させてもらった。そこは、こちらから監視出来ない場所なので音声のみで失礼する。で、どうかねこの艦の居心地は……』

『まぁまぁって所だ』

ブラウ博士が不敵に答えた。

『ほう……それはなによりだ。さて、これより君達を私の居るコントロールルームに招待しようと思うのだが、どうだろうか？』

『ほう。それは、ありがたい。よろしく頼む』

すると、部屋全体が少し揺れた。

『少々、揺れたと思うが心配ない。安全に招待するためだ。ところで今、話している君がアース人か？』

『そうだ。中々、良い声だろう？』

『会うのが楽しみだ。では、後ほど』

それを最後に、声は聞こえなくなった。

『通信は切れたようだな』

『はい。おそらく、この部屋ごとコントロールルームへ運ばれているものと思われます』

整備主任がそう言うと、すぐに航海長が彼の手を握った。アンドロイドでなければ、危ない関係の二人に見えた事だろう。ほどなく軽い振動が起きた。そして、

『到着だ。目の前のドアを出たまえ』

ロックと航海長、そしてブラウ博士の三人がコントロールルームに入った。

『さて、感動のご対面だな』

一方、アカデミアパーク内のかずさ遺伝子研究センターの地下では……

『ここは農場です』

バイオスフィアからテレポーテーションで運ばれた部屋から少し離れた別の部屋へと案内されたイヴさんは、朝生氏から説明を受けていた。

『農場と言うより何かの工場のように見えますが……』

さまざまな色のライトに照らされているプランターが二列ずつ通路を挟んで、かなり奥まで続いている。そのパターンが何列も連なっている。

「地上での農法では、天候によって作物の成長、収穫が大きく左右されます。他にも害虫や動物、更には有害な宇宙線によっても植物はダメージを受けます。このような

理由から地下での農業を行っております」

『なるほど。すると、ここの作物が私やブラウ博士の食料になっているのですね』

「その通りです」

『でも私達が、ここに現れなければ、ここは……？』

「ここは、ずっと閉鎖されていました」

『バイオスフィアで聞かされていた事ですが、この地球上には沢山のビルシティーがあって、そこでは沢山の人達が生活していたと』

「はい」

『でも今は、どれくらいあるのですか？』

「現在、世界中で稼働しているものは六五五基です」

『稼働しているとは、どのようにですか？』

「衛星軌道上の発電プラントからのエネルギーで、ビルシティー内の環境を人間が生活してゆくのに最適になるよう、シティー内のシステムが自動的に調整している状態の事です」

『誰もいないのに……』

「そうです」

『朝生さん！』

「はい」

『私、決めました』

「何を、ですか？」

『それは、スクリッターの脅威から解放されたらお話しします。その時は力になって下さい』

「解りました。私に出来る事なら何なりと」

その頃、調査艦のコントロールルームでは……

『なるほど、あんたが総大将か』

『正確には、この調査艦の艦長だ。なるほどアース人とは我々のマスター（創造主）によく似ている』

『ここにいる航海長の話では、あんた方を造った知生体は大昔、この地球（アース星）を訪れていたそうじゃないか』

『そんなデータも、あったかも知れんが……』

『まぁそんな事はどうでもいい。率直に言おう。今すぐここを離れ、母星に帰ってくれ』

『出来ん!!』

『そう言うと思った。どうあっても、この星を手に入れると言うんだな?』

『そうだ』

『プログラムは変えられぬと……』

『その通りだ。我々の能力の全てを使って目的を遂行するのみだ』

『――困ったな』

『今度は私が聞く番だ。君達の他にアース人は生存しているのか?』

『さァな……』

『賢い答えだ。しかし、それは君達の命にとっては最悪の答えだ』

『どういう意味だ』

『ここで君達の命が危うくなるからだ』

そう言うと艦長は、近くのオペレーターらしい者に何やら指示を出した。それに応えて操作パネルを作動させ始めた。

『何だ! 何をした』

『なァに、せっかくなので君達の歓迎をしようと思ってね。準備が出来るまで寛いでくれたまえ』

するといつの間にかロック達の横に椅子が出現していた。

『どうぞ掛けたまえ。これからショータイムの始まりだ』

そう言うと、ニヤリと笑みを浮かべた。

『何を企んでいる！』

ロックがキッパリと言い放った。すると、ブラウ博士が……

『ウッ！…ハッ、ハッ…アア!!』

『どうしました博士！』

『どうやらショーが始まったようだ。ククク』

『キサマ、何をした!!』

『おやっ？　君は平気なのか』

と、突然、航海長が声をあげた。

『大変です。酸素濃度が、どんどん下がっています。このままでは博士が窒息してしまいます』

ついにブラウ博士はグッタリしてしまい、動かなくなってしまった。それを見たロックが、

『博士！　ブラウ博士!!』

応えの無い博士を床にそっと横たえると艦長を睨み付けた。

『おのれ許さん。許さんぞ!!』

時を同じくしてシドニーのＩＰＳＤ（国際惑星探査開発センター）にあるケアカプセルが、けたたましい排気音と共に開いた。

『ウッ……ハァ、ハァ、ゆ・夢か。息が止まるかと思った。ハァ、ハァ…おーい、ティアよ』

「はい」

『現状報告を……』

「現在、スクリッターの宇宙船はアメリカ合衆国のワシントンＤ・Ｃ上空、約一万メートルに滞空中です」

『何だと！　空は、空はどうなっとる？』

「晴れ上がっています」

『大至急、ロックを呼べ！』

「出来ません」

『何故だ』

「現在、彼はスクリッターの宇宙船に潜入中です」

『何だとぉ……』

　さて、そのスクリッターの宇宙船ではロックが今、正に高出力レーザーを放とうとしていた。

『博士の仇！』

　だが、艦長には届かなかった。防御スクリーンがレーザーを無効化したのだ。

『ほう。これは、これは……君は生体ではなかったのだな。なるほどよく出来ている。アース人の技術は素晴らしい』

『クッ、ダメか！』

　すると、どこからともなく声が……

『艦長、準備が整いました』

『よし。入れ』

　艦長が、そう言うと彼の傍の壁が突然、消え失せて武装したスクリッターが七体、コントロールルームへ入ってきた。

『さて、では歓迎会を始めるとしよう。クックックッ』

　すると、そこに居た全員が目を疑うほどの信じがたい事が起きた。それは、床で動かなくなっていたブラウ博士が見る間に変貌を遂げてゆき、顔はもちろん体つきや服装までもがその質感を変えてゆく。武装したスクリッターや薄笑いを浮かべていた艦長までもが見入っている。ものの三分もかからずに変貌を終え、すっくと立ち上がった。その姿は…

『ティ、ティア…さん』

『はい。そうですミスター・ロック』

その継ぎ目の無いメタリックボディーには見覚えがあった。

『これはいったい……どうなっているんだ？』

とても困惑した口調でロックが呟いた。

『私のボディーには変身機能が備わっていますので』

『いや、そうじゃなくて……ブラウ博士がティアさんで……ティアさんはブラウ博士だった？……と言うか、何が何だか⁇』

『それより、向こう側のスクリッターが我々を攻撃してきますよ』

混乱しているロックに、航海長が忠告した。

『君達は騙す事が、とても上手いようだ。腹が立ってきました』

艦長が、そう言うと武装した直属部隊に合図をした。すると、一斉に銃らしい武器に手をかけた。次の瞬間……何も起こらなかった。

『――どうした？』

『艦長、武器が無力化しています』

『まったく何から何まで！』

キョトンとしているロックを尻目に、航海長が口を開く。

『ブラウ博士の変身に皆が見とれている隙に、私が彼らの武器を無力化しておきました。ついでにバリアシステムも』

と言いながら、よく見るといつの間にか彼の手に見慣れぬ装置が握られていた。

『では仕方ない。少々、荒っぽくなってしまうが、物理的手段を用いてあの者達を破壊しろ』

『ですが艦長、航海長もですか？』

『そうだ！』

『了解』

すると七体もの武装スクリッターがロック達を取り巻いた。そして、その中のリーダーらしき一体が合図をすると、一斉に襲いかかった。だが、それより少し速くティアが飛び出し、正面のスクリッターを二体同時に倒した。そのまま延長線上に居る艦長めがけて突進してゆく。それに気付いた他のスクリッターが、その後を追う。と、同時にロックと航海長は後方の壁まで下がって身を潜める。一方、艦長はティアが接触する間際に後方にある透明な壁の向こう側へと体ごと浸透して移動した。と言うより、逃げ込んだと言った方が適切だろう。そこへ追いついたスクリッターがティアと次々に戦闘になった。だがティアは、かなりの速さで移動しながら戦うので、せっかくの武器も同士討ちを避けるあまり、使う事も出来ない。更に、そのスピードが故に、ティアは複数の敵と同時に戦闘に及ぶ事は無かった。次々に武装スクリッターは倒れてゆく。ティアのスピードと戦術の勝利と言ったところだろうか。

『ティアさんは、すごいですね』

航海長がロックに言う。

『アテナの戦闘は見た事があるけどティアさんはそれ以上かも知れません。それより航海長さんは、あのブラウ博士がティアさんの変身した姿だった事を知っていたのですか？』

『はい』

『でも、先ほどは窒息してしまうと言っていたではありませんか？』

『アース人、いえ地球人の言い方で敵を騙すにはまず味方からという、諺《ことわざ》と呼ばれている教訓に従ったまでです』

『……お見事でした。では、本物のブラウ博士は何処に？』

『シドニーです。ケアカプセルと言う装置の中で眠っています。ですが、私には眠ると言う行為はよく解らないのですが、教えていただけませんか？』

『その内に説明します。それより、これからどうします？』

『そうですねぇ、ロックさん。どうやら荒っぽい歓迎会が終わったようですよ』

見ると、楕円形のコントロールルームの細くなっている両端の内、こちら側（ロック達が居る）と艦長の居る側以外の所に、倒れたスクリッター達が累々と横たわっている。一体一体、完全に運動機能が停止している訳ではなく、部分的に作動不能状態になっているため、動けないのだ。

『――――何という事だ！　七体もの精鋭部隊が、こうもあっさり倒されてしまうとは……この星のアンドロイドは、我々の技術水準をはるかに超えているようだ』

透明なシールドの向こうで艦長が一人、つぶやいた。その反対側のロック達のもとへ、当のティアが何事も無かったかのように戻ってゆく。すると艦長を守っていた透明なシールドが消失し、艦長が話しだした。

『私は、どうやら君達の事を見くびっていたようだ。そこで私は君達に私の本当の力（能力）を、お見せしようと思う』

すると彼の後方の床から突然、何かの装置らしい物体が、せり上がってきた。よく見ると、その装置の真ん中には、人の形の窪みがあった。艦長は、その窪みに向かって後ろ向きに後退し、こちらを見据えたままスッポリとそこに収まった。それに反応して彼の体に数十本ものワイヤーのようなものが、生き物のように接合した。気がつくと、奥に存在した筈のコントロールパネルのような装置や、それを操作していたスクリッター達は皆、消えていた。どうも武装スクリッターが現れると同時に消えていたようだ。と、唐突に、この宇宙艦全体が大きく傾き、揺れた。

『何！　どうした。何が起きたんだ?』

ロックが床に這いつくばった格好で言った。

気がつくと先ほどまであった椅子は、いつの間にか消えていてティアと航海長も同じ格好で伏せていた。そして航海長がロックに語った。

『艦長は、この艦と同化したのです』

『――という事は、この巨大な宇宙艦を思いのまま動かせるようになったという事ですか?』

『そうです。この艦の全システムもです』

次の瞬間、ロック達の体がいきなり宙に浮かんだ。

『うわっ！　こ…これでは自由がきかない』

すかさず艦長があの不敵な笑みを浮かべ、話しだした。

『どうかね諸君。無重力を楽しんでもらえたかな。さて、君達にはすぐに消えてもらっても良いのだが、それでは我が精鋭部隊の気が済まぬであろうから今一度、戦闘というイベントを楽しんでもらいたい。そろそろ彼らが復活する頃だ。ただし、先ほどのようにはいかないので精々、頑張ってくれたまえ。クックック』

すると、徐々に重力が戻りだした。航海長がロックとティアの耳もとで囁《ささや》いた。

『こうなっては仕方ありません。あれを使いましょうロックさん！』

『でも、あれを使ったら彼ら精鋭部隊やあの艦長もどうなるか予想できませんよ』

すると、メタリックボディーのティアが話に口を挟んできた。

『私も航海長の意見に賛成です。今度、彼らと戦ったらおそらく私は勝てません。彼らは自動修復機能と戦闘学習システムを装備しているものと思われます』

『冷静な分析とアドバイスをありがとうティアさん』

『どういたしまして。ティアと呼んで下さい』

『解りました。では、あれを使いましょう』

その光景を見ていた艦長が……

『今後の相談は、お済みかな？——それでは』

その言葉が合図だったかのようにロック達は行動を開始した。航海長が持参したバッグの中から直径二〇センチメートルほどの黒い球体を取り出し、ロックに手渡した。

『では、航海長さん。バックアップをお願いします』

『了解』

ロックが、その球体を艦長に向けて放り投げた。それが、透明な壁のあたりに到達した瞬間、ロックが球体目がけてレーザーを照射した。球体は、その場（空中）に静止し、猶《なお》もレーザーを照射し続けた。すると球体はゆっくりと回転しだした。と、同時に鈍いパルス波を出し始めた。ロックは両腕を広げ、両脚に力を入れて踏ん張った。その後ろで航海長とティアが、先頭のロックを右と左の後方で支える形でサポートしている。レーザー光は普通、目には見えないが、照射物の変化をもって知る事が出来る。よってこの場合、球体に変化が起こらなければ、他の者からはレーザーが照射された事さえ解らないだろう。

『どうした。何か、攻撃するんじゃないのか？　今、投げた黒い球体も止まってしまったようだが……』

『まだ、これからですよ艦長』

航海長が言うと手に持っていた先ほどの装置をロックの首のつけ根部分に押し当てた。するとレーザーの出力が格段に上がりパルス波はヴーンと唸り声のような音に変わった。

更に回転もスピードを増し、それに伴い廻りの空間が微妙に歪みだした。そしてそれは突然、起こった。空間がシャッターを切ったかのように瞬《また》いたのだ。そう、空間自体がまばたきをしたかのように。

『何！――今、いったい何をした……オオッ!!』

見ると、宇宙艦と一体化した艦長を含め、今まさに襲いかかろうとしていた精鋭部隊の存在自体が薄れ始め、透明化した状態で球体に引き寄せられていった。その後、彼らはそれぞれ違った運命を辿りだした。ある者は体から炎を噴き上げ、又ある者は、壁や床の中に落ちて戻らなくなり、またある者は、壁や床に体の一部、もしくは大部分が分子レベルで融合していたり、別の者は体の内側と外側が入れ替わった無残な姿で立ちつくしていたりと、凡そ常識では考えられない状況が目の前で繰り広げられた。

『オ・オ・オ……』

声の方を見ると、艦長が窪んだ装置の中で苦悶の表情を浮かべていた。その体は装置の中に半分、めり込んでいて、一部は体の内側と外側が入れ替わっていて、その電子部品らしいものは、バターのように溶けて融合していた。真の意味で、宇宙艦と一体化していたのだ。一方、ロック達は既に力尽きたと言った感じで床にうずくまっていた。

黒い球体も床に転がって石のようになっていた。そこへ、どこからともなく声がして部屋中に響きわたった。

『聞こえますか航海長。私は整備主任です。無事でしたら応えて下さい』

『私はロック。私達は無事です。そちらはどうですか？』

『安心して下さい。航海長の指示通り脱出し、調査艦の外に滞空しています。しかし、先ほどは調査艦が一瞬、消滅していました。何が起きたのですか？』

『それを説明すると長くなりますが、とにかく無事です』

『そ、そうですか。それはともかく調査艦は徐々に地上に向かって降下しています。状況から察すると艦長や直属部隊は機能不全に陥ってしまわれたのですね』

『そのようです』

『では、これより着艦いたします。待っていて下さい』

『……』

『ウウッ…クハッ』

『艦長！』

『わ…私の、完全な敗北だ。君達は勝利者となった。外で、この艦を取り巻いている飛行体で攻撃し、この艦を破壊するもよし。私を無力化し、この艦を手に入れるもよいだろう。いずれにしても…グハッ…私には、もはや何も抵抗する能力は無くなってしまったのだから……』

『いいえ。私は、そんな事を望んではいません』

　こう、ロックが反論した。

『ほう…では、どうしようと言うのだ？』

『この艦を修理し、宇宙を航行出来るようにします』

『それで…』

『あなた方の母星に行きます』

『何だと！　わざわざ殺されに、いや破壊されに行こうと言うのか？』

『そうではありません。あなた方に指示を出している者に会い、話を聞いてもらおうと思っています』

『どんな事を話そうと言うのだ』

と、ここで先ほど艦長の直属部隊が入ってきた所から整備主任が入ってきた。

『ウッ！…こ、これはいったい…』

『申し訳ありません。整備主任さん。こうするより他に方法がなかったのです』

『――ウ～ン……』

と、深い溜息のような声をだした。

『か、艦長！』

『ふっ、驚いたか。これが彼らの武器の威力だ』

目と口だけが、かろうじて解る…それほどにシステムと融合してしまった元、艦長だった。

『聞いて下さい皆さん。私はもうこれ以上、何も破壊したり危害を加えたりはしません。むしろこの艦を修理して、あなた方の母星に行き、あなた方に指示を出している方に、会いに行こうと思っています。そして、このような悲劇を二度と起こさないよう進言したいのです。どうかご理解下さい。ここの皆さんには申し訳ない事をしてしまいました』

『――よく解った。思うようにやってみるがいい。私は任務に失敗した。本来ならば存在を許されない身だ。私の意識のある限り君達をサポートしよう。出来れば私も母星に帰還し、最期を迎えたいが、どうやら無理らしい』

『……』

『ちょっと待った!!』

『その声は』

『やれやれ、やっと繋がったか。おとなしく聞いていればペラペラと……なぜそんな面白い事に儂を加えんのだ！　それから、よくも儂を欺《あざむ》き、置き去りにしてくれたな』

『いえ、それは私（ロック）がした事では……』

『いいや、言い訳は聞かん。だが話の内容からすると、あの小道具を使ったようだな。まぁ、無事でなによりだ』

『はい。いろいろハプニングはありましたが』

『よくやった』

『ブラウ博士も、ご無事で何よりです』

『当たり前だ。儂を誰だと思っている！』

「博士、それは私の台詞です」

と、久しぶりに聞く懐かしい声が耳に飛び込んできた。

『鷲尾さん！』

「えっ！　あ、はい。鷲尾です」

『久しぶりですね。しかし、あなたはブラウ博士と知り合いだったのですか？』

「いえ、実はつい先ほど……」

『な〜に、儂がここに着いた時には、こやつらのＧシューターが、この艦を取り囲んでおったんで何者かと聞いたところ、ペラペラと聞いてもいない事を延々と…その中にロックと言う名が出てきたので話してみたら…まぁ、成り行きでこうなったという訳だ』

『大体、解りました。では艦長さん、出来れば着陸してもらえませんか？』

『既に着陸している。外に出たいのならば出してやるが……』

『そ、そうですか。では、お願いします』

　直径一キロメートルはあろうかと思われる巨大な艦からティア、航海長、整備主任、そしてロックが出てきた。それを上空より確認したＧシューター数十機が一斉に、彼らの近くに音も無く垂直に降下してきた。その中に見覚えのある大きめの機体があった。中からブラウ博士とメタリックボディーのアテナ、そしてアンドロイドボディーの鷲尾氏が姿を現した。他の機体からは、世界中のビルシティー代表のアンドロイド達が、鷲尾氏に続いて降りてきた。……と、唐突にブラウ博士が……

『おい!!　このパターン。嫌な予感がする。気をつけろ！』

するとニューデリー代表のナーラダ氏が、声をあげた。

「上を!!　真上を見て下さい」

皆がハッとして見上げると、そこには真昼だというのに金星大の光点が見える。

『ま、まさか！』

航海長がボソッというと、すぐに大声をあげて叫んだ。

『艦長ォォォーー!!』

四、ワドロー登場とトラピスト1恒星系

巨大な宇宙艦の中では……

『すまない、諸君。私のために……私もまた君達のもとへ行く事にしたよ。寂しくないように大勢で……な』

――やれやれ。又、私の出番か。さしもの私も、今度という今度で力（能力）を使い果たしてしまうだろう。どうなってしまうやら……とりあえず、さよならだ。

『今度こそピリオドだな。ロクよ』

『……』

と、次の瞬間。静寂の中、何も感じずに立ち尽くしている自分自身に気付いた。

（そうか、とうとう私も多くの人間と同じ所に来たのだな……が、しばらくすると何か遠くで私の名を呼ぶ声が聞こえてきた）

『……ロック……ロックさん。聞こえますか？』

『こ……ここは？』

すぐに周りを見回す……と、傍らで声の主が私を見ていた。

『大丈夫ですか？』

『イヴ…さん』

それは、紛れもないイヴ・クリストファー・中山その人だった。どうやら助かったらしい。

『ウッ！』

まだ頭がクラクラする。が、体には何の損傷もないようだ。落ち着いてあたりを見渡してみると、正面には一段一段が横に広い階段があり、その階段や床、天井まで真っ白で、とても広いホールだ。私の近くにはブラウ博士が横たわっている。その隣には航海長の姿が。しかし、ここは見覚えがない。だが、イヴさんが居ると言う事は……

『ここは、アカデミアパークですか？』

『そうです』

『でも、以前の場所ではないようですが……』

『はい。ここはアカデミアパークのメインホールです』

なるほど天井がかなり高い。更に見渡してみると、広いホールいっぱいに何十、いや何百人もの人……いや、イヴさんとブラウ博士の他は、全てアンドロイドだが……その者達が不規則に立ち尽くしている。

『そうか、あの場に居合わせた者が皆、ここに』

『そうだと思います』

『という事は、又あのミュータントが私達を救ってくれたのか』

『そのようですね。私は、つい先ほどここに着いたばかりです。ここのコンピューターが知らせてくれましたので。でも、この人達の中に私の知らないスクリッターの方が何名か見えますが、彼らは？』

イヴさんの視線の先を見ると、整備主任さんとその部下の方々が見えた。

『ああ、彼らは敵ではありません。むしろ宇宙艦（調査艦）の中で私達を助けて下さった方々です』

『そうですか』

『それはそうと、他の人達は大丈夫なのですか？』

この問いに答えたのは目の前のイヴさんではなく、彼女の後ろからこちらへ歩いてくるアンドロイド……朝生さんだった。

「彼らは皆、ショック状態のため、一時的に活動を停止しているだけです。システム障害を起こしている訳ではないので、しばらくすると正常に戻ると思われます」

『ありがとう。相変わらず冷静な朝生さん』

「どういたしまして。それより一体だけ他と大きく異なった個体が、あちらにありますが説明していただけませんか？」

それに答えるように……

『ウ…ウ～ン……』

『ブラウ博士！』

『ここは？』

『アカデミアパークの大ホールです』

『オオ！　ロク…君か。しかしクラクラする』

と言いながら頭を二、三度横に振った。

『大丈夫ですか？』

『オオ！　その声はミス・イヴ』

『はい』

『これは、ありがたい。この状況下で女性の声が聴けるとは…しかも、世界でたった一人の……お前さんも無事で何よりだ』

『――世界で、たった一人の女性』

こう呟いたのは、傍で機能が停止していると思われた整備主任だった。

『お前は誰だ！　なぜここに居る』

『待って下さい博士、彼は敵ではありません。それどころか、あの調査艦の中で私達をサポートしてくれた恩人です』

『私をお忘れですか？　ブラウ博士』

『儂は、お前なんぞには会った事も無い』

するとと博士の後ろ、数メートルの所に立っているアンドロイドの陰から、もう一人のブラウ博士が現れ、こちらに歩いてきた。

『無事だったか整備主任。艦内では世話になったな』

『ブラウ…博士？』

整備主任は困惑しきりのようだ。が、私にはすぐに解った。当然ながら本物のブラウ博士の反応は……

『き、貴様、何者だ！』

すると、もう一人のブラウ博士は見る間に姿を変えて……博士のよく知っている者の姿になった。

『ティア！　お前、よくも儂を出し抜いてくれたな』

『申し訳ありません。あなたを死なせる訳にはいかなかったもので……お許し下さい』

『バカ者！　儂が、そう簡単にやられるものか……フン！　なるほど。そういう事か。ロクよ、お前もグルだったのか？』

『いいえ、何も知りませんでした。私も完全に騙されていました』

『だろうな。ティアの変身は完璧だ。しかも儂の事なら誰よりもよく知っておるしな。当然だ』

『……』

『だが、どうにも腹の虫がおさまらん』

『でも博士が私達と同行していたなら確実に死んでいたでしょう』

『どういう事だ？』

『窒息です』

『ティア……お前』

『あの艦の艦長は、人類の事をよく知っていました。私で良かったのです』

『ウ～ン……まぁ皆、無事で何よりだ。良くやった』

『しかし博士、この現象はやはり……』

『ああ、あのミュータントじゃろう。だが、これほどの能力とは……すごいものだ。儂も一度、会ってみたいものだ』

「よろしいですか?」

じっと話を聞いていた朝生さんが再び話しだした。

『あっ、朝生さん。失礼しました。先ほどは何か話の途中でしたね』

「では、私に付いてきて下さい。よろしいですか?」

『解りました。ブラウ博士、大丈夫ですか?』

『ああ。だが、誰か肩を貸してくれるとありがたいのだが……』

声をあげたのはイヴさんだった。

「……では、こちらへ」

イヴさんがブラウ博士を支えるのを見て朝生さんはこう言うと、くるりと向き直り、歩き出した。私達は黙ってその後に続く。彼はホール奥の階段をゆっくり上っていく。

それにしてもこのホールは明るい。周りは、殆どガラス張りで僅かな壁と階段、そして天井と床の全てが白で統一されている。その北側、奥に広い階段が上へと続いている。午後の明るい陽が白い階段に反射して眩しいくらいだ。階段を上った先の右側には、大きな弧を描いてミュージックホールらしい施設が併設されていて、観音開きの扉がある。このホールの側面だけが青いので目立つ存在だ。その前に革張りの椅子とガラステーブルが十セットほど設えられていて、それが奥にある一面のガラス窓まで続いていた。ただ、その中の窓に近い部分が、バラバラに散らかっていて…朝生さんは、そこに向かって歩いていく。そして私達は、そこにあるものを見た。瞬間、誰もが目を疑った。朝生さんを除いて……

『き、巨人!?』

横たわっていたのは、身長三・五メートルはあろうかと思われる人間。いや、巨人だった。殆ど大の字で仰向けになっている。ピクリとも動かない。死んでいるのかと思ったが……

「死んではいません。仮死状態にあるだけで細胞は生きています。この個体を誰かご存知ありませんか？」

しかし、この問いに答える者はなかった。

「――なるほど。皆さんには心当たりがないということですか。では部外者ですね」

ふと気がつくと、私達の後ろからポッリポッリと人の頭が見え、他のアンドロイド達がやってきた。その時、大きく目を見開いていたブラウ博士が何か話しだした。

『儂が若い頃、オカルト好きの同僚から聞いた話を思い出した。その昔、伝説のムーやアトランティスよりも古い時代、人類とは別に巨人が、この地球に存在していたのだと主張していた。儂も含め、誰もが相手にしなかったが、奴は大真面目で、ミイラも発見されていると言って譲らなかった。……だが、真実だったのかも知れない』

『そうすると、この個体はその巨人なのですか？』

『いやー！　とんでもない。こんなでかい図体をした一族が、この地球上で何万年もの間、人目にふれる事なく生存し続けてきたなどとはとても考えられない』

『では、いったい……？』

『おそらくウイルスによる副作用か何かで先祖返りをしたのかも知れない』

『そうすると、人類の祖先は巨人だったと言う事になるんでしょうか？』

『ウ～ン……』

と、言ったきりブラウ博士は黙ってしまった。

「よろしいですか。ミスター・ロック」

気がつくと、すぐ隣に白衣姿のアンドロイドが立っていた。そして彼女？　の傍らには縦二・五メートル、横一・二メートルほどの大きめの簡易ベッドのようなものが設えてあった。

「誰か、手を貸してもらえませんか？」

白衣のアンドロイドが声をあげた。どうやらこのベッドに巨人を乗せて、医務室にでも運んでゆくつもりらしい。すると、

『我々が……』

という声が、いくつか重なって聞こえた。見ると、整備主任のチームだった。

「では、この人をこちらのベッドに移して下さい。よろしいですか？」

『解りました』

この言葉に呼応して、手際よくアンドロイド達が巨人をベッドに移した。だが、腕や足などの部位が、はみ出してしまった。

「ありがとうございます。後は私が行います」

そう言うと、簡易ベッドの端にあるパネルらしいものに指を這わせた。すると、このベッドが巨人と共に浮き上がった。その光景を、驚きの表情で見つめていたのは私だけだった。彼女は、それを軽く押して通路をどんどん進んでゆく。

『どうするんですか？』

「この施設内にある病院へ運びます」

『ところで、ここは何処なのですか？　そして何故、我々はここに居るのですか？』

不意に、整備主任が聞いてきた。

『ここは、惑星上の日本と言う場所にある施設です。元、居た場所からは、この星を半周ほど移動した所です』

『どういう事ですか？』

『私も詳しくは解りませんが、先ほどの巨人が、その能力で私達を瞬時にここまで運んでくれたものと思われます』

『それは、生体特有の特殊能力というものですか？』

『そうだと思います』

『その……巨人という者は、この星の知生体アース人の一種族なのですか？』

『アース人……ああ地球人という意味ですか。そうかも知れません。でも、現在のこの文明を築いた種族ではありません』

『では、彼は地球人の亜種という事ですね』

『私には、何とも解りません』

私と整備主任との会話を黙って聞いていたブラウ博士が、ようやく口を挟んできた。

『それはそうと、お前さん達はこれからどうするつもりなんだ？』

『どうやら私達の艦は無くなってしまったようですから、しばらくこの惑星に留まらざるを得ません。よろしいでしょうか？』

『尤もだ。儂は問題ないと思うが……』

と、ブラウ博士が言って周りを見渡し、私とイヴさんにアイコンタクトをした。私も彼女も、すぐに頷いた。

『まぁ、大丈夫なようだ』

『感謝します』

その整備主任も周りを見渡して整備チームの面々に頷いてみせた。

『ところで、前々から気になっていたんだが君等の活動エネルギーは、いったい何なのか……良かったら教えて、もらえないだろうか？』

『いいでしょう。それは主に光です』

『やはりそうか』

『やはりって博士、知っていたんですか？』

『まぁな。なぜかというと、あの艦の艦長が最初にこの地球の軌道上に現れた時、すぐに巨大な太陽光パネルに気付いたはずだ。だが何もせず、ずっと無視していたから、もしやと思っていたんだ』

『なるほど。するどいですね。すると彼らも太陽光パネルの電気を使っていたと言うのですか？』

『その通りだ』

そう答えたのは、先行隊の隊長だった。

『隊長！』

思わず私は叫んでしまった。するとあちこちで、同じフレーズの声が上がった。だが、構わず話しだす隊長。

『そうだ。私が、軌道上の太陽光発電システムの利用方法を艦長に教えたのだ。迷惑だったかな？』

『いいや、むしろ感謝している。もし、破壊されていたら我々は、とうの昔に全滅していただろうからな。――――さて、アンドロイドのミスター・朝生』

唐突にブラウ博士が、朝生さんに話しかけた。

「はい。何でしょうブラウ博士」

『ここに現れたスクリッター達に、居住する場所を与えてやってくれないか？』

これに対し、答えたのは又も本人ではなく、別の者だった。

「それでしたら私に、お任せください」

鷲尾さんだった。

『鷲尾さん！　無事だったんですね』

嬉しさに、又しても叫んでしまった。

「もちろんです。儂を誰だと思っているんですか？」

『とうとう言っちゃいましたね』

「いやーーーハハハ……」

『まぁ、そう言うんならお前さんに任せようじゃないか。よろしく頼む』

「了解ですブラウ博士」

『ありがとう皆さん。よろしくお願いします』

整備主任がチームを代表して礼をいった。外は、どんよりとした空になってきた。

それを見たブラウ博士がボソリと呟いた。

『核の冬ならぬ隕石の冬か。しばらくは晴れないだろう。ソーラー発電プラントからの送電も、滞るようになるかも知れんな』

『核の冬とは、核爆弾の大量使用により莫大な塵が上空に舞い上がり、太陽の光が遮られる現象で、これにより地球の気温が低下する事を言います』

『解説ありがとうアテナ』

『いいえ』

『さて、これからお前さん彼らの星へ行くとか言っていたな？』

『はい。彼らにこれ以上、植民星を作らせないように進言するつもりです。こんな悲劇を二度と繰り返さないために』

『まぁ、今回は儂らに強力な助っ人が、付いてくれたお陰で勝てたがな』

『聞いたところによると、彼らを創った知的生命体は、既に滅びてしまったそうです。なのに、植民星を開拓せよと言うプログラムだけが生きていて、常に実行し続けている。もう彼らには植民星は不用な筈です。まして地球のように生存者が残っていたら……それでも彼らは排除し、植民星にするでしょう。しかし、それは殺人です。こんな事は許されない事だと思います』

『その通りだな。ならば、儂のマーキュリー号で出発だ』

『ちょっと待って下さい』

『どうした。怖気《おじけ》づいたか？』

『いいえ、そうではありません』

『訳を聞かせてもらおうか』

『この場に居るスクリッター達を母星に返してあげたいのです。彼らは、私を何度となく助けてくれました。しかも同胞であるスクリッターから……そんな彼らに恩返しがしたいのです』

『なるほど。お前さん、本当に人間らしくなったな』

『それって、褒めてるんですよね』

『当たり前だ』

『フフフ……』

それはイヴさんの笑い声だった。

『イヴさん』

『あっ、すみません』

『いいえ、そうじゃなくて…私は初めてイヴさんの笑い声を聞いたもので……』

『そりゃぁ、そうじゃろう。今まで、ずっとスクリッターからの脅威というやつがあったからな。それが今、やっと解消された訳だから自然な事だと思うぞ』

『話を戻しましょう。スクリッターの皆さんを乗せて行くには、マーキュリー号では少し小さいのではと思ったんです』

『それは否定出来ない。まぁ、そういう事なら彼らに新しい宇宙船の建造を依頼するしかない……だろうな』

『整備主任さん、聞いての通りです。お願い出来ますか？』

『解りました。ただし、条件があります』

『何でしょう?』

『この星の施設と技術、そして私の指示する資材をご用意下さい』

『良いだろう。儂が手配する』

こうして宇宙船の建造が始まった。場所はオーストラリアのシドニー。本来ならば、宇宙の無重力空間での建造が理想的なのだそうだが、資材の調達が大変であると言う理由で地上での建造となったのだ。なので、わざわざ施設内を無重力にしてから作業が始められた。スクリッターの整備主任のチームが中心になって着々と作業は進んでゆき、約四か月後、遂に恒星間宇宙船は完成した。だが、整備主任が言うには、この半分の期間で完成したはずとの事。その理由として、ブラウ博士の安全のため、生命維持システムを付加する事になったからだという。という訳で、居住空間と推進装置を見直さざるを得なくなったのだ。

『なるほど。君らが宇宙船というと、この形というのがセオリーなのだな』

『もちろんです。他に、どのような形が良いと言うのですか?』

『いいや、実に理にかなっている。ただ、地球人的には流線形をイメージするのだが』

『流線形とは?』

『水や空気などの抵抗を、出来るだけ少なくするような、曲線で構成した形の事だ』

『しかし、宇宙を航行するのですから……』

『そうだな。その通りだ』

まぁ、快適に過ごすための人工重力装置が故障しても、宇宙船自体を回転させることで対処出来ると言うのも球体にする理由の一つだと説明していた。尤もな理由だと思った。

『さて、準備が出来次第、出発しようと思いますが問題ありませんか？』

『一つだけ要望があるのだが……』

『何でしょう』

『出発前に数回、地球を回ってもらえないだろうか？　最後に、あのアカデミアパークに寄っていただきたい。どうだろうか』

いつも自信たっぷりで多少、横暴な所さえあるブラウ博士が、妙に神妙な感じで話したので少し意外に思った。

『解りました』

おそらく、これっきり地球に帰ってこられなくなるかも知れないと思ったのだろう。

何となく解った気がした。

核（隕石）の冬から蘇った、萌え立つような緑。どこまでも碧い大海原と透き通るような空。美しい惑星が、そこにあった。やがてアカデミアパークの建物が近づいてきた。そこでは、イヴさんをはじめ朝生さん、ケリーと犬のイーグルが出迎えてくれた。そして、朝生さんにあの巨人の事を聞いてみた。

「彼は、ウイルスによって誕生したミュータント（突然変異体）ではないかと思われますが、よろしければお話をしてみますか？」

『ああ。もちろん』

「では、こちらへ……」

そう言うと、かつてホテルであった建物へといざなった。いくつかの客室らしい部屋の前を通り、階下へと下り、左へ折れて、突き当たりを右へ行くと右手に玄関がある。もちろんシールドが張られ、出入りは出来なくなっているのだが、その反対側は壁になっていて、少し戻った辺りにその壁の中へと入れるドアが設けられていた。

『どうぞ。こちらへ』

その入り口から中へと案内された。中は天井が高く、七～八メートルはありそうだ。玄関側の壁の上は、二階の通路が通っているのが見える。後で聞いた話では、昔ここはホテルのラウンジだったそうで、改装して一つの部屋にしたのだという。部屋の中ほどに大きなベッドが設《しつら》えてあり、正面には大きな窓がいくつも並んでいる。そんな部屋の窓の前、こちらに背を向けた大きな椅子が一つあった。それに座り、外を見ているシルエットから低い声が発せられた。

『ようこそミスター・ロック。それにブラウ博士』

『なるほど。全てお見通しと言うことか』

ようやく、いつもの博士が戻ってきた感じだ。ここで大きな椅子が回り、巨人と目が合った。風体は我々と同じではあるが、その大きさからか、とてつもない威圧感を覚える。

『さて、何からお話ししましょう』

『では率直に聞こう。なぜ、我々を助ける?』

『私の見かけは人間です。人が人を助けるのは、自然な行為だと思いますが……』

『なるほど』

だが、これほどの威圧感を受けながら少しも動じる事なく堂々と渡り合うブラウ博士。この度胸というか肝っ玉の強さは、どこから来るのだろう。およそ科学者とは思えない人だ。

『ただ、体のサイズが人間のそれとはかけ離れていて…その点は大きな差異だとは思いますが』

『では、あなたの正体は何なのですか?』

私は、思わず口を挟んでしまった。

『私は、あなた方の言う所の巨人です。北欧神話では、神に戦いを挑んだ言わば人類の敵です。ですが、私は伝説の巨人ではありません。ただ一人、地球上に誕生した突然変異体です。少なくとも彼は、そう言っています』

そう言って朝生さんを見た。

『しかし、お前さんの能力は常軌を逸している。それも、突然変異で説明しようと言うのか?』

『それは、私にも解りません。むしろ、あなた(ブラウ博士)の方が知っているのではありませんか?』

『伝説は時として真実の比喩《ひゆ》であると昔、誰かが言っていたのを思い出した。二十世紀の科学者なら、テレポーテーションやテレパシーなんてものは相手にしなかっただろう。だが、最近では人間の未知の能力として認められている。そして、遺伝子レベルでの研究も進められていたとも聞いている。どのような成果が出たのか儂は知らん。ただ、人の能力は、お前さんのに比べれば微々たるものだったから長い間、認知されなかった……改めて聞く。儂らをテレポーテーションで二度も救ったのは、お前さんなのだろう？』

『そうです。私はそれ以前、ロックさんが起動し始めた頃からずっと観てきました』

『あなたは、いつ、どこで生まれ、今まで何をしてらしたのですか？』

　私は、好奇心に負けて、つい聞いてしまった。

『私は、アメリカの西部、カリフォルニア州北部の小さな町で生まれました。今から、およそ二十五年前です』

『およそとは？』

『当時の記録からです。それによると私は、町の教会の前に置き去りにされていたそうです。ですから私は、正確な生年月日を知らないのです。十年ほど教会で育てられた後、リブズウイルスの蔓延で町の病院に送られました。そこでは、殆ど隔離状態に置かれていました。人々が、次々に倒れてゆく中、私だけが生き延び、アンドロイドと共に現在まで生存してきました』

『ビルシティーではないのですか？』

「ビルシティーは平野や平原の都市部だけに作られています。理由は、大きな災害から市民と都市機能を保護するのが目的だからです」

　朝生さんが説明してくれた。更に付け加えて、

「山間部では、昔ながらの暮らしが続いていました」
『……』
『カリフォルニア州、北部とは何処だ』
突然、ブラウ博士が問いただした。
『ウィードと言う町です』
『近くに大きな山は無いか？』
『シャスタ山があります』
『そうか……』
そう言うと、深く考え込んでしまった。
『――どうかしましたか？　博士』
『いや……何でもない。では、儂らは出発する事にしよう』
『はい』
『待って下さい。出発するとはいったいどこへ、ですか？』
『彼らの母星だ』
『彼らとは、スクリッターですね』
『そうだ。君は、ここでゆっくり静養していてくれ』

『気をつけて下さい。何か嫌な予感がします』

『それは、お前さんの能力からの忠告か？』

『いいえ。今は、以前のような能力はありません。ただ、そんな気がするだけです』

『では、お元気で。地球の事をよろしくお願いします。特にイヴさんの事を』

『今の私には、自信などありません。が、出来る限りその通りにしましょう』

『最後に、一つ聞いておきたいのだが』

『何でしょう？』

『名は、何という？』

『ワドローと呼ばれていました』

『なるほど。では改めて、ひとこと言っておく。今まで危うい所を二度までも助けてもらった事に感謝する。ありがとう！　もう会うことはないかも知れない。さらばだ』

『私も同感です。ありがとうございました。くれぐれも気をつけて……』

――そして私達は、完成した球体の宇宙船に乗り込んだ。コントロールルームには、既に航海長と整備主任の姿があった。

他のスクリッター達は、機能を停止した状態で別の場所に貨物として搭載されているという。船の操作は当面、航海長が行う事になっている。

『待たせたな』

『用事は済みましたか？』

『ああ』

『では出発します』

　巨大な球体は微かな振動音と共に宙に浮かび、一〇〇メートルほど上昇すると急加速し、一気に宇宙空間へ。地表から五〇〇キロメートルあたりに達すると、次元間転移航行システム（ＤＭＤＳ）に移行。一路、水瓶座トラピスト1惑星系を目指した。およそ四十光年約四か月の行程だ。

　一方、かずさ遺伝子研究センターでは……

「いかがなさいましたか？」

　部屋にあるディスプレイを見ていたイヴさんが目に涙を浮かべていた。そんな彼女の世話を担当しているカレンが彼女に声をかけた。

『彼らはこの星のため、いいえ私のために命を懸けて旅立って行ったのですね。そう思うと何だか涙が……』

「大丈夫です。彼らは必ず帰ってきます。今までもそうだったではありませんか」

『そうね。ありがとう。でも、アンドロイドのあなたに慰められるなんて……』

そう言うと、彼女は朝生さんを呼んだ。

「はい。何でしょう？」

『プランDを発令します』

「解りました。すぐに準備を始めます」

イヴさんが思いを馳せている宇宙船の中では、こんな会話が……

『博士、どうも気になっている事があるのですが……』

『何がだ？』

『地球を出発する前、あの巨人、ワドローと名乗っていましたが、その時、博士はなるほどと言われました。そうか…ではなく、なるほど…と。なぜですか？　良かったら訳を聞かせていただけませんか』

『ロックよ、お前さんは出会った頃に比べ、かなり賢くなったな。だが、ワドローという名についてのデータは無いようだから教えておく。ワドローとは二十世紀初頭、アメリカのイリノイ州に実在した男で、当時としては世界で一番、背の高い人間だった。確か二メートル七〇センチほどだったと記憶している。あの巨人は、この男の名を付けられたのだろう。おそらく奴を育てた者の中にイリノイ州出身の人物が居たに違いない。まぁ、それでも奴の巨体には及ばないがな』

『ハハ…よく解りました。しかし他にも』

『ああ、解っている。なぜ、奴の出身地にこだわったのかと聞きたいのだろう?』

『その通りです』

『噂で聞いた事だが太古の昔、太平洋にレムリアという大陸があってそこの住人が巨人であったという。まぁ、レムリアがあったという証拠は発見されていないのだが、それは置いといて、かつてその巨人は北欧神話のモデルとなった種族だ。その生き残りが北米のシャスタ山の地下に都市を築いて現代まで暮らしていたと言う』

『そんな事が……』

『そうだ。俄《にわ》かには信じられない事だが、奴の口からシャスタ山という言葉を聞いた時、これは真実かも知れないと思ったのだ』

『つまり彼は、ミュータントではないと……』

『そうだ。奴の親が、まだ生きているのか死んでしまって種族全体が滅んでしまったのかそれは解らん。だが、今思えばあのタイミングで教会に保護されたというのは……どうも出来すぎではないかと思うのだが…』

『しかし、そんな大昔から生存していて、人に知られていないと言う事は考えられないと博士は以前、言っていませんでしたか?』

『確かにな。だが、彼らが恐竜の繁栄していた時代から存在していたなら話は別だ』

『……』

『いいか。我々人類が進化を始めてから今まで、精々四〇〇万年だ。それでようやくここまでのこの知性からの知性体と文明だ。だが、彼らは少なくとも六五〇〇万年も生存している。となれば、どれほどの知性と文明かは想像すら出来ないほどだろうよ。ならば人類と接触せずに存在してきたとしても不思議ではないだろう。もしかすると我々の歴史に、それとなく干渉してきたのかも知れん』

『しかし博士、なぜ今になって彼ら巨人達がそんな大昔から存在していたと思われたのですか？』

『それはな、奴に改めて会って話をしているうちに、ふと思い出した事があってな』

『どんな事をですか？』

『アメリカのテキサス州にバラクシー川という川がある。この川の川底から恐竜の足跡の化石が見つかった。一九一〇年頃だと記憶している。ここまでは、それほど珍しい事でもない。問題は、その後だ。その恐竜の足跡と一緒に人間の足跡も発見された。これだけでも大発見だが、この事は当時の学者達から無視され、学術書にも記載される事はなかった。まぁ、当時の進化論からすれば考えられない事だからな。無理もない。だが、更にまずいことに、その足跡のサイズが三五センチから四〇センチもあったという。つまり、あの巨人の足のサイズとおそらく一緒だろう……そんな事をだな、思い出したという訳だ』

『だから恐竜時代からと言ったんですね』

『そうだ！……まぁ、儂も実物を見た事はないんだがな。しかし、事実だとすれば奴の存在理由に合点がいく。伝説では、奴の言うシャスタ山の地下に巨人達の都市があり、そこから時おり山中に現れるという』

『……すごい話ですね』

『儂もそう思う』

『しかし博士、今日の博士は今までに無く饒舌《じょうぜつ》ですね』

『ん…んん…ん』

『ミスター・ブラウ、ミスター・ロック』

『何でしょうか整備主任さん』

『我等の母星に着く前に、話しておきたい事があります』

『はい』

『我等の目的は、総括議長を倒す事ではありません』

『なるほど君らの元締めは総括議長と言うのか』

『元締めとは？』

『いちばん上に立つ者で、お前さん達に指示を出している者の事だ』

『では、言い直します。我等の元締めである総括議長の機能の停止が目的と言うのでもありません』

『と、言うと？』

『総括議長は我等を造り出した最初の一体です。あなた方が言う所の創造主なのです。ですから我等は総括議長に手を出す事は出来ません。そのように造られているのです。ですから我等は元の居場所に戻らせていただきます』

『ほうーーで、儂らにどうしろと言うのだ？』

『総括議長のプログラムを変更していただきます』

『承知した』

『では、これからその方法を説明します』

……と、それから約一時間に亘り、彼らの社会体制、総括議長から現在に至るまでの推移、更にスクリッター一体一体の役目についてなどを話しだした。

『で、具体的には議長に対してどうすればいい？』

『議長?……ああ総括議長の事ですね。では説明します。議長の眉間にある突起をあなた方の時間にして、三秒ほど押してください。すると議長は、一時的に機能を停止します。更に、その突起を右に回して下さい。すると額の部分がスライドして出てきますので、そこに設置してある小さな球体を、これと交換して下さい』

そう言うと私達に、直径一センチほどの黒い球体を三つ差し出した。

『それが終わりましたら、スライドした部分を押して元に戻して下さい。約十秒で再起動します。以上です』

『了解だ。だが、そう簡単に総括議長には会えんだろう。まして、その操作を黙って行わせてくれるとは思えんのだが…?』

『確かに。しかし安心して下さい私に考えがありますので、どうかお任せ下さい』

博士と私は、顔を見合わせ(まぁ、いいだろう)と言った感じで同意した。その後、ブラウ博士はケアカプセルに入り冬眠状態に移行した。私は自らスリープモードに移行し、長い眠り? に入った。

宇宙船は予定通り四か月後、水瓶座トラピスト1と思われる恒星系に到着した。私とブラウ博士は、少し前に航海長に起こされて? 共に宇宙船のモニターを見ていた。そこには、赤い恒星とその周りをまわる惑星が四つ見える。他にもあるだろうと思われる……

『ついに来たか』

『ここの太陽は赤くて小さい赤色矮星ですね』

『そうだな。恒星系というよりは木星とその衛星系と言ったほうがしっくりくる感じがするがな』

と、その内の一つの惑星に近づいてゆく。

青くて地球によく似た惑星だ。

『おいっ!! いきなりこんなに近づいてどういうつもりだ。整備主任！』

『お静かに。私に考えがあります。以前にも同じ事を告げましたが、これからは私にお任せ下さい』

『まさか寝返ったんじゃ……？』

『いいえ。信じて下さい。何が起きても……』

すると、この宇宙船のすぐ近くに次々と小型の釣り鐘状の物体が現れて取り囲まれた。すぐに彼らの言葉で通信が入った。直ちに整備主任がそれに応え、やがて視界いっぱいに広がっていた釣り鐘状の物体が徐々に消えてゆき、一機のみとなった。そして、それもゆっくりと遠ざかって行った。が、この宇宙船は、その一機の後を付いてゆく。

『どうやら、奴らの基地か何かにご招待といったところだろう』

『博士、それって捕まったって事ですよね』

『平たく言うと、そうだ』

『……』

　ほどなく宇宙ステイションのような巨大な物体が見えてきた。

　先行している釣り鐘状の物体は、その中へと入って見えなくなった。そして我々も。やがて見えない力場に捕らえられたかのようにピタッと停止した。すると、ドックのような場所の床（？）に着地。球体なので転がってしまうのではと思ったが、微動だにせず静止している。

　やがて奥の方から人らしい影が、いくつか現れた。もちろん床（？）の上を歩いて。そしてこの船からも数体、出てきて何か話をしているようだ。すると、外は空気がある空間だなとブラウ博士が補足した。更に、しばらくして整備主任を先頭に数体のスクリッターが部屋に入ってきた。外に居た者達だった。どうやら、ここのスタッフ（？）らしい。

『なるほど。お前達か、惑星アースの知生体と言うのは』

その内の一体が話してきた。同時に整備主任が目で何か合図をしている。ブラウ博士はそれを見逃さなかった。

『そうだ。さて、これからどうなるのかな？』

『黙って付いてこい』

私とブラウ博士は、彼（？）の後に付いて船内から外へ。やはり呼吸出来る空気は存在していた。更に、この建造物の通路らしい所を通って別の広い空間へ。

ここには彼らの乗り物が約十機以上あった。と言うのも奥の方まで見渡す事が出来ないほどの広さだったので〝約〟なのだ。すると彼は、その内の一機の中に入ってゆく。例の釣り鐘型の宇宙船だ。私達も、その後に続いて釣り鐘の中へ。ここで私達は、白い部屋へと通された。そこには肘掛けのある椅子が二つあるだけの何とも殺風景な部屋だ。案内をしてくれたスクリッター達は、整備主任も含めてすぐに出て行った。

仕方ないので私達は、その椅子に座った。照明器具のたぐいは見当たらないが明るい。壁全体が、ほのかに光っていてそれが明かりなのだ。そんな事を観察していると、案内をしてくれた一体のスクリッターが、また入ってきて一言。

『来い』

私が言うのも変かも知れないが、何だか狐につままれたような感じだ。まぁ、言う通りに博士と付いていった。すると、狭い通路を通って歩く事、数分。そこは……

『おお！……』

『すごいですね』

『ああ』

そこには、惑星上の風景が広がっていた。

いつのまにか惑星上に来ていたのだ。

オレンジ色の空、茜色に染まった雲。空には巨大な真っ赤な太陽。我々の地球から見える太陽の何十倍もの大きさだ。他には別の惑星とおぼしき天体が三つ見える。地球の月より遥かに大きい。眼下には摩天楼のような景色が延々と広がっている。どうやら大きな建造物の上に居るらしい。

『何をしている。早く来い』

無表情のスクリッターが無感情な言葉で言い放った。仕方ないので付いてゆく。が、ブラウ博士が小声で話しかけてきた。

『おい、気が付いたか？』

『えっ、何ですか？』

『ここは、奴らの惑星上だというのは解ったな』

『はい』

『だが、風が無い』

『はい？　そ、そう言えば……』

『どういう事かと言うと、このあたり一帯が目に見えないシールドに包まれた空間だという事だ』

『ビルシティーの防衛システムのようなものですね』

『そうだ。だが、ここのはビルシティーとは規模が違う』

『なぜ、解るのですか？』

『周りの建物をよく見てみろ。どの建物にも風雨による汚れや侵蝕の跡といったものが一切、見当たらない。まぁ、雨水で汚れを落とす素材というものもあるが、それでもここまで痕跡が無いというのは考えられない。どの建物も昨日今日に出来たものではないようだからな』

『さすがに科学者ですね』

『という事は、この建物を含め、見渡す限りの建造物全てがシールドに覆われていると思われる。とてつもない科学技術だ。そうは思わんか？』

『その通りです。ミスター・ブラウ』

『何だ。聞いておったのか整備主任』

『彼ら、母星のスクリッターを侮ってはいけません。気をつけて下さい』

『言われんでも解っとるわい！』

『何を話している！　黙って付いてこい』

『……』

先を行くスクリッターは建物の中を迷いもなく、ただ黙々と歩いてゆく。建物の中は何層にも分かれており、その階ごとに複雑な機械が設置され、それを無数とも思えるスクリッター達が、一心不乱に操作している。何が目的なのかは、おおよそ解っている。私はブラウ博士と目配せで、それを確認しあった。やがて屋外のように開けた場所に出た。と、ここでスクリッターの足が止まった。前方に、巨大な円錐形の建造物が空に向かってどこまでも聳《そび》え立っている。すると、その建造物に出入り口らしい開口部が出現した。と同時に床が、その方向へと動き出した。どうやら、ここから先は自動で目的の場所まで運んでくれるようだ。

『おいロックよ、ボーッとしとらんで、もっと周りを観察しておけ。これが、人工知能が造り上げた文明だ』

『博士、私達はこれから、どうなるんでしょう？』

『そうだなぁまず、総括議長とか言うここの元締めの前へと引き出され、いろいろと訊問されるだろう。どうも奴らは、儂らのような知生体をむやみに殺すようにはプログラムされていないようだから、すぐにどうという事は無かろう』

『それについては、私も同感です』

『ほう。中々、先が見えてるじゃねぇか。まぁ、あの整備主任の事だ、何か考えがあるのだろう』

その整備主任は、いつの間にか先頭のスクリッターの集団の中に取り込まれていた。動く床は、やがてエレベーターと思われる小部屋に我々を進ませ、止まった。後ろの開口部が閉まると、上昇し始めたようだ。この部屋にも照明器具は無い。周りじゅうが鈍く光っている。エレベーターが止まり、外へと進んでゆく。そこは、地球的に言うと裁判所の法廷のような所だった。私とブラウ博士は、その中央に据《す》えられた椅子に座るよううながされた。私達が座ると、周りの段々畑のように設《しつら》えられた席に居て、私達を見下ろしている何百というスクリッターが一斉に着席した。ただ、総括議長と思われる一体だけは初めから座っていて私達の一挙一動をずっと凝視している。

『さて、ではこれより最近、調査艦を派遣していた惑星から来た知的生命体、二体の訊問とその処遇について審議したいと思います。各部門の責任者は存分に訊問するように』

（儂らに対する配慮は無しという事か）

（そのようですね）

私達は小声で、こう話すと居並ぶスクリッターの内の一体が立ち上がり、私達に聞いてきた。

『お前達は、何故ここに来た？』

それに対し、ブラウ博士が……

『お前達こそ何故、我々の星に来た？』

と、逆に問いただした。

『それは、我々の義務だからだ』

当然だと言わんばかりに堂々と答えた。

『なるほど。では私も答えよう。我々、人類は滅びてはいない。お前達の目的は知っている。植民星を創る事だろう』

『当然だ。それが我々の義務である』

『ならば聞こう。その義務を遂行する為なら、惑星の先住民である知的生命体を抹殺するよう命じられているのか？』

博士が、こう切り返すと、この場に居るスクリッター達が一斉にざわついた。すると、初めから座っていた総括議長と思われる一体が、これを制止した。

『なるほど。あなた方は、それを私達……いや、総括議長である私に言わんがために、ここに来たという訳ですか』

『そうだ。我らの星、惑星アースから手を引け』

今度は、博士の方が当然だと言わんばかりに堂々と言い放った。またまた、ざわついたがそれを止めるように総括議長が答えた。

『だが……それは出来ない』

『何故だ！』

『我々の義務だからです』

『その義務を君達に与えた創造主である知的生命体は、既に滅びてしまったのではないのか？』

『確かに…しかし、我々は自己増殖し、新たな植民星を開拓するために造られたのです。この義務を放棄する事は、我々の存在を否定する事に他なりません。それ故、やめる訳にはいかないのです』

『……』

（博士、埒《らち》が明きませんね）

（そうだな。予想はしていたが）

『今日のところは、ここまでに致しましょう。皆さん。御苦労でした。解散！』

居並ぶスクリッターが一斉に立ち、それぞれに姿を消してゆく。そして私と博士、総括議長とその補佐役と思われる数体のスクリッターのみになった。

『さて、改めて聞く。お前（ブラウ博士を指差して）はアース人だな』

『そうだ。地球人と言ってもらいたいがな』

『なるほど。だが、もう一体のお前（ロック）は何者だ？』

『私は、アンドロイド。地球人によって造られたマシーンだ』

『マシーン……では、我らと同じ目的のために造られたと言うのか』

『いいえ。本来の目的は、他の惑星を探査するために造られたのです。それゆえ、かなり地球人に近い存在と言えるでしょう』

『興味深い！……しかし、見かけは地球人。知的生命体と同じに見える……我らの創造主よりも技術的に優れているようだ』

『あ…ありがとうございます』

『バカ者！　礼を言ってどうする』

『それもそうですね』

『よく解った。お前達には、生存に適した部屋を用意した。今日の所は、そこで待機するように』

　そう言うと、傍らの者に合図を送り、すぐに私達のもとに別のスクリッター、二体が現れた。

『その二体に案内させよう。以上だ』

　という訳で、博士と私はそのスクリッターの後を付いてゆく。その部屋には椅子やテーブル、更にベッドらしいものまで備えられていた。どうやら彼らは我々の事についていて、かなり知っているようだ。

『これは、これは……ずいぶんと手回しが良い』

『博士、これから彼らは、どう出てくるでしょうか？』

『まぁ、そう緊張するな。せっかくベッドまで用意してくれたんだ。少し横になって体もうじゃねぇか。元締めさんもそう言ってただろう』

『それは、そうですけど……』

　私達は横になり、体を休めた。すると部屋の明るさが徐々に落ちて暗くなった。私はいよいよ緊張してしまい、とても機能を停止させる事は出来なかった。

……と、しばらくして突然、部屋が明るくなり誰かが入ってきた。私は飛び起きた。

『やっと来たか』

『遅くなってすみません。セキュリティーを無効にするのに時間がかかってしまいました』

整備主任だった。

『脅かさないで下さい』

『すみません。でも、しばらくはこの部屋は無監視状態になりました』

『よし！　では作戦を聞かせてもらおうか』

『まず私の話を聞いて下さい。あの総括議長は我々の創造主である知的生命体、ビシュヌ星人によって最初に造られた一体なのです。ですから、あの方はビシュヌ星人から受けた命令を今も忠実に実行しているのです。そして、あの方は我々を次々にお造りになりました。まず、各部門の長となる者を。その後は、一体もお造りにはなっておりません。最初にお造りになった者達が、我々を製造するシステムを作り、その後のスクリッターの全てを生み出し、現在に至っています』

『結局、何が言いたいんだ？』

『つまり私は、議長から数えて何代も後に造られた個体なのです。その際の工程と長い時間とで次第に、初期の個体とは異なった性質の個体が生まれてきました。それが私を含めこの星で行動を共にしてきた者達なのです』

『つまり段々、最初のプログラムとは違ったプログラムを持って誕生した者達が出てきたという訳ですね』

『そうです。ですから私達は、あなた方の協力者となった訳です』

『それから？』

『以上の事から、あなた方がいくら総括議長を説得しようとしても無駄です。あの方は、初期のオリジナルプログラムで行動していますから』

『他の惑星を開拓し、植民星にすべし。というプログラムか』

『そうです。ですから強制的にプログラムを変更しなくてはなりません』

『それで、あの球体か』

『そうです』

『で、どうやってあの総括議長に接触しようと言うんだ？』

『総括議長には、専属の整備者がおります』

『なるほど。そういう事か』

『えっ！　どういう事ですか？』

『その整備長に、手を貸してもらうのです』

『ちょっと待って下さい。今、整備長と言いましたよね。という事は……』

『そうです我々の中で、整備長と呼ばれる者は総括議長専属の整備者である、あの方のみなのです』

『そうですか、だからあなたは整備主任なのですね』

『その通りです』

『で、具体的な手はずは？』

『あなた方の時間で、今から二時間後に総括議長の大掛かりな整備が行われます。この事は、他の部門の代表者でさえ知らされてはいません。あなた方は、この時に議長と接触して下さい。我々が直接、手を貸す事は出来ませんので。後は、あなた方の行動如何にかかっています。場所については、既にロックさんに教えてあります』

『お前さん、知っとるのか？』

『ちょっと待って下さい……あっ！　知っています。でも何故？』

『着陸して歩いて移動していた時、一度だけ私が声をかけた事を覚えていますか？』

『はい……あっ！　あの時』

『そうです。あの時、ロックさんの肩に触れたのです』

『タッチランゲージ……か』

『はい』

『私は、ただの挨拶と忠告だとばかり……』

『マシーンにしちゃあ、気が利くじゃねぇか。さすがだな』

『ありがとうございます。何か良い気分ですね。私にも君達、生命体の感情というものが備わってきたのでしょうか』

『そうだな。もうお前さんも立派な知生体だ』

『では、時計を合わせて下さい。いいですか、二時間後です』

私と博士は時計を合わせ、お互いの目を見て、二人同時に答えた。

『了解』

『議長の整備が行われる整備室には、ここから歩いて二十分ほどかかります。よろしいですね』

『一つ、聞いてもいいですか？』

『はい』

『あなたは、どうして私達にそこまで協力的なのですか？』

『それは多分、君達生命体に起きた進化というプロセスが我々の中でも起きているからだと思います。我々は既に単なるマシーンでは無くなっているからではないでしょうか。先ほどの感情の芽生えというのも、その一つだと思います。そしてなにより、君達の出現で我々は確信したのです。これが、その答えになっていますか？』

『はい。充分です』

『では、私はこれで……君達の習慣に従い、幸運を祈ります』

そう言い残して出て行った。ブラウ博士は、「人間臭い事を言いおって」と顔をしかめていた。それからは、これから起こる事を考えられる限り想定し、作戦を練った。

『時間だ。行くぞ！』

『はい。博士』

外に出ると、頭に浮かんでくる地図と、その指し示す通りに歩を進めてゆく。博士は黙って後に付いてくる。だが、行く先が通路から階段に変わり五分ほど上り続けるとブラウ博士の息が切れだした。

『おいロクよ。いったいどこまで上るんだ？』

『博士、疲れましたか？』

『何を言っとる！　まぁ、しかし儂は生体だからな。君とは違うのだよ。だが、お前さんはどうなんだ？』

『私は元来、燃料電池と発電モジュールからのマイクロ波を受けて電気エネルギーに変換して動いています』

『すると今は、燃料電池で動いとると言うわけか』

『いいえ』

『な…なに～』

『今は、マイクロ波を電気エネルギーに変えて動いています』

『どういう事だ？』

『実は、宇宙船に乗る前、整備主任さんが私を少し改造してくれたのです。彼らスクリッターと同じように、ボディーに当たったマイクロ波を直接、電気に変えて活動できるように』

『何だと…』

『つまり、ここに来て以来、ずっとそのシステムで活動しているのです。博士も気づいているように、ここには一切、照明器具のたぐいはありませんよね。その代わり、壁や天井が光っていて明かりになっています』

『それが、どうした』

『この鈍い光は、マイクロ波が蛍光物質に当たって光っているのです。マイクロ波と言っても電子レンジのそれより出力が弱く設定されています。それに今、博士の着ている服は特殊なメタマテリアルという素材で造られていて、マイクロ波を寄せ付けないようになっていますので人体には影響ありません』

『なっ……どうりで』

と言いながら、首を横に振って「やれやれ」というポーズをとっている。

『それはそうと、だいぶ上ってきたが、まだ上るのか？』

『はい。どうやら、この塔の最上階ではないかと思います』

『なんだとう……』

そして、とうとう目的の部屋に到着した。

『さあ、着きましたよ。準備はいいですか？』

『も、もちろんだ……ハァハァ』

『では、入ります。鍵はかかっていませんから』

『お前、鬼だな』

『お、に？』

部屋に入ると、中は光に溢れていた。奥行き、幅、共に二〇メートルほどだろうか、しかし塔の中なので部屋全体が扇状にカーブを描いていた。問題の総括議長は、中央よりやや奥に直立した状態で宙に浮いていた。その周りに沢山の医療機器のような装置が取り囲んでいる。

更に、その周りには数体のスクリッターが見た事もない装置を前にテキパキと作業をしている。そして当の総括議長は縦に浮いた状態のまま既に機能を停止しているらしく、目を閉じていた。その近くには整備長らしい一体が他のスクリッターに指示を出している。

だが、誰ひとり私達が部屋に入ってきた事を認識している者はいなかった。

『博士、どうやら私達に気付いた者は居ないようですね』

『ああ。だが、それは整備主任がやった事なのだろう。中々な計らいだな。幸い、議長の機能は停止しているようだし周りの動きに注意しつつ慎重に、手はず通り作業に取り掛かろう』

私は黙って頷くと、博士と総括議長の前へと静かに歩みでた。案の定、誰ひとり私達に関心を示さない。私達が見えていないかのようだ。そして博士が、議長の眉間にある突起物に触れようとした時、それは起こった。それまで私達を無視していた整備長が、いつの間にかブラウ博士の真横に立ち、博士の伸ばされた手を掴んだ。気が付くと、部屋に居たスクリッター全員が私達を取り囲んでいた。

『なに!!』

ブラウ博士が叫んだ。と、それが合図だったかのように目の前の総括議長の目が、カッと見開いた。

『やあ、皆さん。待っていましたよ』

『ちっ! 罠か』

『さて、これで我々が君達知性体を処理する理由が出来ました。ありがとう』

『整備主任め、裏切ったか』

『その整備主任も招待していますよ。どうぞ……』

すると、階下から二体のスクリッターと共に整備主任が舞台装置の迫り出しのように上がってきた。しかし、その表情にあの整備主任の面影はなかった。

『では整備主任、あなたの友人にご挨拶を』

『ようこそ。我々の星、惑星ビシュヌへ』

『だめです。全く、別人になっていますブラウ博士』

『ミイラ取りがミイラになったか』

『さて、では君達に面白いモノをお見せしましょう』

今まで白く光っていた壁が突然、透明になった。このフロアの壁という壁が一瞬にして取り払われたかのようだ。だが、この塔の中心部と議長の周りにある装置類は別だった。なので、余計に議長が威圧的に見える。

『見せたいのは、これからです。もうしばらくお待ち下さい』

すると、この建物の下から塔を取り囲むようにして大勢のスクリッターが武器らしいものをこちらに向けながら浮いてきた。そう、正に浮いてきたのだ。

『なるほど。重力制御装置を使ってか』

『博士、感心している場合じゃないですよ！』

『その通りです』

私達は、もう袋のネズミだった……が、

（博士、大丈夫です。もう少しの辛抱です）

私は、ブラウ博士に耳打ちをした。

（この状況でジョークか？　笑えないな……）

と、見る間に外のスクリッターの輪は何重にもなってゆく。当然の事だが階段もエレベーターも消え失せている。

『さて、ショータイムはここまでです。君達の生命活動も終わらせましょう』

入り口の壁が大きく左右に開き、その先の外壁も開きだした。外のスクリッターが一斉に攻撃してくる……と思ったが、彼らは動かなかった。

『何をしている！　攻撃だ』

議長の怒号が飛ぶ。が、すぐに彼らが動かなかった理由が明らかになった。武器を持ってこちらを狙っているスクリッターと外壁との間、つまり外壁ギリギリの空間に下からもう一つの輪が浮き上がってきた。但し、今度の輪を構成する者達はこちらに背を向け、外側に武器を向けている。そして今、開いたばかりの外壁から何者かが一体、入ってきた。

逆光の為、何者かは判別出来ないが私には解っている。

『誰だ！』

今まで威圧的だった総括議長が慌てて叫んだ。すると、その者が答えた。

『あなた方の敵です』

『その声……』

ブラウ博士が声をあげ、声の主がおもむろに近づいてきた。金属製の反射光をまといながら。

『ティア！』

『はい。お久しぶりです』

そして塔の外で背を向けて浮いている者達は、あの鷲尾さん達、ビルシティーの代表者だった。総勢六五五体が塔のすぐ近くでスクリッターと対峙している。その彼らも、スクリッターと同じ武器を手にしていた。

『何をしている。その者共を排除せよ!!』

語気を荒げて議長が命令した。それを合図にティアも議長の周りのスクリッターと戦闘に入った。得意の先制攻撃で近くのスクリッターを、アッという間に倒し、次いで議長めがけて突進してゆく。かつて、調査艦であの艦長と戦った例の戦法だ。今回のスクリッターは武器こそ携帯しているものの戦闘員ではない。しかも今のティアはメタリックボディーなので彼らの武器の効力も充分には発揮出来ていない。それにティアの動きが速いので下手に撃つと同士討ちになってしまう。なので、数十体ものスクリッターが瞬く間に倒されてゆく。

一方、塔の外では鷲尾さん達が優勢のようだ。と言うのも、どうやら彼らのエネルギー源であるマイクロ波が塔の表面から発射されているらしく、こちらを下手に攻撃するとエネルギーを得られなくなってしまうとの懸念があるようで、兵器の使用をためらいながら戦っているように見える。どちらも、上手い戦法だ。私はと言うと、ティアの戦いの巻き添えでブラウ博士が傷つかないよう守るのに必死だった。

『こう…なると、生体…は…無力だな』

『あまり話さないで下さい。舌を噛みますよ』

動きながらの会話は大変だ。時おり、私達にも敵が襲ってきた。

『危ない！』

とっさにブラウ博士が叫んだが、私は難なくそれを退けた。

『やるねぇ。その細身で』

『私も多少、習いましたから』

『なるほど。世話になる』

そんな状況の中、私のイヤリングからポツリポツリと短いメッセージが届きだした。

『博士、味方の戦力が低下しています。我々は、やはり不利です』

『何を言っとる。そんな事はない。見ろ！　ここの敵は議長と残り二体だけではないか』

『いいえ。問題は外です』

『オオ……』

見ると、外の味方の数がかなり減っていて敵が塔に入ってこないように、出入り口の空間を数えるほどのアンドロイドが必死に守っていた。私は、片方のイヤリングをブラウ博士に渡し、耳に付けるよう指示した。そこから聞こえてきたものは……

『こ…これは』

（もう限界です……さようならミスター・ロック……）

『聞こえてくる声は、外で戦っているアンドロイドからのものです。彼らは、ビルシティーの代表者達です』

『……』

と、ここにきてこのフロアの床から次々と、スクリッターが迫り出してきた。それを目にしたブラウ博士の顔から見る見る血の気が失せてゆくのが解った。そして……

（ミスター・ロック、長い間ありがとうございました。もうお別れです）

…イヤリングから親しい声が…

『ミ…ミスター・ワシオー!!』

それは、ブラウ博士の一声だった。と、目の前に外から一体のアンドロイドが吹き飛ばされてきた。鷲尾氏である。

『ウ…ウォー!!』

私は、たまらず絶叫した。そんな私の頭に直接、聞き覚えのある声が…

（落ち着いて下さい。まだ終わった訳ではありません）

『えっ』

次の瞬間、全スクリッターが一斉に静止した。外の空中で動きまわっていたスクリッターも次々に落下してゆく。

『どうした？　何が起こった！』

叫んだのは、ブラウ博士だった。だが、私には大体、予想がついていた。そこへ、、これまた懐かしい声がイヤリングから聞こえてきた。

（遅くなりました。ただ今、彼らスクリッターへのエネルギー供給を停止させました）

『その声は、アテナ…か？』

ブラウ博士がボソリと呟いた。次いで、アテナが意外そうに答えた。

『そうです』

ブラウ博士が声の主を確認しようと周りを見渡した時、私と目が合った。

『ん！　どうしたロクよ。故障でもしたか？』

その時の私は、博士の目から見れば息も絶え絶えの重病人のように見えただろう。その場に倒れ込んで、やっとの思いで動いていたのだから。

『どこか、やられたのか？』

『いいえ。エネルギーが不足しているだけです』

『なるほど。お前さんも、やつらと同じシステムで動いていたんだったな』

『そうです。でも私には、まだ別の方法で動くことが出来ますから…何とか』

『なるほど燃料電池か』

『はい。それより博士、今のうちです。早く…議長に…』

『解った。ここに来て、初めて人間で良かったと思ったぞ』

まるで凍りついたようになっている総括議長の前に、堂々とした足どりで進み出たブラウ博士。やはり最後は人間が…そう思った。

そこへ外からもう一体、メタリックなアンドロイドが入ってきた。アテナである。

『おう！　アテナか。さっきはありがとうよ』

——ウィーン……フィーン……何か遠くで物音が微かにしだした。

『……ん？』

『博士！　早く!!』

私は、思いっきり怒鳴った。すぐに博士は議長の眉間にある突起に手を伸ばした。それに触れる直前、議長の目が、カッ！　と開いた。が、次の瞬間、博士の指は突起を押していた。すると、その鋭い眼光は急に虚ろになり、約三秒後、その目は閉じられた。後は、指示通りの手順で額の部分をスライドさせ、そこにある三つの黒い球体を、持ってきたものと交換した。ふと周りを見ると、静止していたスクリッター達が次々と起き上がりだした。更に、外も武装したスクリッターが続々と浮き上がってきた。博士は急いで額の部分を元に戻した。

『さあ、奴らを止めてくれ総括議長！』

再び目を開いた議長に、私は視線を合わせた。数秒後、動き始めたスクリッターが一斉に戦闘態勢を解除した。

『やったぞ！』

『でも……』

『そうだな。犠牲が大きすぎたな』

『はい』

『ところでロクよ。お前さん先ほど議長と一瞬、目を合わせただろう。あれは何だったんだ？』

『光通信の一種です。あれで、現在の状況を議長に伝えたのです』

『その総括議長は今、どういう状況になっているんだ？』

『さあ…』

『さあだと』

『私にもよく解りません。が、敵対関係にはなっていないようです』

『そんな事は解っておるわい』

するど、当の総括議長が私達を見た。

『オオッ！　あんた本当に味方になったのか？』

『解りませんか？』

『いまいちだな』

『ではミスター・ロック。少しの間、翻訳機をｏｆｆにして下さい。味方である事を証明してみせます』

『翻訳機を外せだと！　それを使わずにどうやって証明するというのだ。システム異常じゃねぇのか？』

『博士、落ち着いて下さい。とりあえず、やってみますから。何かあったらサポートをお願いします』

『おお』

耳の後ろにあるスイッチを押して翻訳機をｏｆｆの状態にし、首を縦に動かしてサインを送った。そして再び議長が口を開いた。その瞬間、全てが解った。…そう、私には解ったのだ。

『はぁ？　今さら何を言っているんだ⁇　やはり、システム異常だな』

私は、翻訳機のスイッチをｏｎにし、博士に言う。

『彼は、確かに味方ですよ』

『はぁ⁇　お前もシステム異常か？』

『博士、以前私が最初に彼らスクリッターと出会った時の話を覚えていますか？』

『もちろんだ』

『では、その時に私が彼らの信頼を得る為唯一、彼らの言語で話した時の事は？』

『ああ。覚えているとも……ん…んん、オアッ！　ま…まさか』

『ええ。そのまさかです』

『では、目の前の総括議長は……』

と、博士の次の言葉を手で遮って目で周りを見渡した。すると、博士も全てを理解したようで、無言で頷いた。そこへ、バトルモード（メタリックボディー）を解除したティアとアテナが歩み寄ってきた。そしてティアが、

『博士、怪我はありませんか？』

『ああ』

そして、アテナも。

『ミスター・ロック、大丈夫ですか？』

『ありがとう。大丈夫です』

私がそう答えると、総括議長の背後にあったいくつもの配線や配管が議長から離れ、後退し、壁と一体化した。ふと周りを見ると、壁は透明ではなく元通りになっていた。と、その時、入り口から別のスクリッターが一体、入ってきた。そして我々のもとへとやって来る。周りのスクリッター達は、既に私達が眼中に無いかのように振舞っていた。

『航海長』

ブラウ博士が声をあげた。

『どうやら皆さん、ご無事のようですね。しかも手はず通り作戦も成功したようで何よりです』

『あんた、どうやらこうなると知っていたんじゃないか？』

『なぜ、そう思うのですか？』

『でなければ、今ごろノコノコとこんな所に来やせんだろう』

『さすがですねブラウ博士。でも、これは私が想定した最悪の一歩手前の事態です。しかし、何とかアテナさんが間に合ってくれたようで何よりです』

『ギリギリでしたけどね』

『ロク！　お前もか』

『はい。でも、私もここまでは考えていませんでした。整備主任さんの手はず通りにいくものと思っていましたから』

『儂もだ。しかし、ティアやアテナはともかくビルシティー代表のアンドロイドまで大勢……どうやら今度も儂だけ蚊帳の外だった訳だ！』

『すみませんでした。でも博士がいなければ、こううまくいかなかったでしょう。博士は、我々の最後の切り札だったのです。でなければ、私やティアさんが何としてもこの星への同行を許さなかったでしょう』

『ん……まぁ、そう…だろうな。しかし、よくもまああんなに大勢のアンドロイドを……』

『それは私が説明します。よろしいですか？』

『ああ。尤もだ航海長』

『彼らはアンドロイドで生体ではありませんから、一般の貨物と同じ扱いで問題ありません。よって、宇宙船の一角に固定したままの状態で運んできました。このような最悪の事態を考えたからです。しかし、彼らは快く承諾してくれましたよ。ミスター・ロックのためならばと……』

『そうですか。彼らはそんな事を……私のために……』

その時、私は何か変な気分になりました。人間が、涙を流す意味が解ったように思えたのです。

『どうかしましたか？　ミスター・ロック』

気がつくと、航海長が私の顔を覗き込んでいた。

『先ほどのあなたの話を聞いて、少し変な気分になったものですから』

『おそらく、それは私の知る限り、知的生命体特有の心というものの作用かと思われます』

『私に、心……』

『何を今更。お前さん、自分で気付いてなかったのか。儂は、初めて会った時からお前さんには人間と同じ心があると思い、人間の若者と同じように接しておったのだぞ』

『……』

『まぁ、お前さんは儂と出会うまでまともな人間とあまり話してはおらんじゃろうから、気付かなかったのかも知れんな。しかし、ミス・イヴとは儂より長い付き合いだろうに……』

『そうです。あの頃、私は確かに自分には人間と同じ自我があるものと思っていました。しかし心を持っているなんて……』

『私も多くの知的生命体と接する内に、自身にも彼らと同じ自我と心を持ち合わせている事に気付いたのです』

『航海長。あんたらは既に、自分達が単なるマシーンでは無いと認識しておった訳だ』

『そうです。ですから密かに総括議長のやり方に疑問を持ち始めたのです』

『そして儂らに出会った』

『その通りです。しかし、比較的初期に造られた指導部門の者達は、忠実にプログラム通り行動し続けたのです』

『だろうな。だが、どうしてお前さん達は変わったんだ？』

『アンドロイドとは言え、何度も複製を造る内に正確では無い者も出来てしまうのです』

『製造ミス…バグと言った方が良いのか？』

『博士！』

『いいえ、その通りです。しかも新しく造られた者はその目的に従い、他の惑星に赴くようになり、その分、宇宙線などを多く浴びる事となって……』

『なるほど。そんな事が要因となって、お前さん方が誕生したって訳だ』

『さすがはブラウ博士…ですね。その通りです』

　すると、今まで私達を無視して作業をしていたスクリッター達が次々と階下へと姿を消してゆく。ほどなく私達と総括議長だけになった。その総括議長が、おもむろにこちらへと歩いてきた。

『ミスター・ロック。無事で何よりだ。間に合って本当に良かったな』

『総括議長、あんた本当に……』

　ブラウ博士が言いかけて、すぐにその声を遮るように当の総括議長が話しだした。

『久しぶりだなブラウ博士。あなたとは、あの巨人の件以来だったな』

『おお。その話し方、間違いない。先行隊隊長！』

『そうです。もう心配は無用です。私は総括議長、全スクリッターの支配者となったのです』

『……で、隊長さん。いえ、総括議長。これからどうなさるつもりですか？』

『植民活動は止め、クローニングも休止するつもりです。そして、この惑星で我々の文明形態を整えていこうと考えています。進化したアンドロイドの文明を』

『そうですか』

『当然だな』

『フフッ…あなた達らしい答えだ』

それから私達は、しばらく惑星ビシュヌに滞在した後、別の宇宙船を用意してもらい、地球へと飛び立った。ちなみに地球に来ていたスクリッターは全て私達と共に、惑星ビシュヌに帰還していたそうだ。そして私は思った。漆黒の宇宙を何か月もの間、ひたすら航行するというのは実に寂しいものだ。周りに誰もいなければ、とてもこの孤独には耐えられないだろうと。改めて、長旅をして惑星探査をしてきた時のブラウ博士の事に思いを馳せてみた。

『何だ。何か儂の顔に付いているのか？』

『いいえ、ただ……』

『ただ何だ？』

『博士は以前、ずっとこの宇宙を旅していたのだなと改めて思ってみたのです。孤独感でいっぱいではなかったかと……』

『ほう。お前さんに、そんな事を言われるとはな。まぁ、あの時はケアカプセルの中で、ずっと眠っていたからな』

『でも…』

『そうだ。確かに、この宇宙は旅をするには広すぎる。たとえ次元間転移航行を行っていても孤独は孤独だ。ティアが居たが、あれはマシーンだ。人の温もりというものを感じるには力不足だ。まぁ…何だ…その、お前さんとこんな話ができるとは……やっと全てが終わり、地球に帰ってゆくのだなとしみじみ思った訳だ』

『博士……』

『なんだ』

『らしくないですね』

『ほっとけ！』

ここで私達は、ひとしきり笑い、あとは何も語る事なく、二人でどこまでも続く暗い宇宙を見ていた。惑星ビシュヌを出て、約四か月がたった頃、ようやく私達の太陽系に入った。ほどなく懐かしい青い星が見えてきた。

五、帰還、そして伝説へ

『帰ってきましたね』

『ああ。かなり大きな代償を払ってきたがな』

『……』

そして日本。アカデミアパーク内の建造物上に直接、着陸した。空は、どこまでも青く澄み渡っている。

『ティアよ』

『はい』

『聞くまでもないと思うが、連絡はとってあるだろうな?』

『はい』

『では行こうかロクよ』

『そうですね博士』

私達の後からティアとアテナが付いてくる。そして、アカデミアパークの広いホールへ入る。すると懐かしい顔が私達を出迎えてくれた。

『ただ今、帰ってきました朝生さん』

『お帰りなさいませ。ご無事で何よりです。ミスター・ロック、ブラウ博士』

『おお』

そして、犬のイーグルが走ってきてじゃれついた。その後からケリーさんが付いてきて挨拶を。更にセス、カレン、リードと続いて現れた。皆、懐かしい。すると、ホールの向こうから巨大な人影と小さな人影が一緒に近づいてくる。それは、巨人のワドロー氏とイヴさんだった。

『お帰りなさい。無事で本当に良かった』

ふと見ると、イヴさんが何か両腕で抱えている。それを見たブラウ博士が、

『ミス・イヴ。それは、もしかして…』

『そうです。ベビーです』

『ブラボー!! これで人類は復活だ。ありがとう』

そう言うやいなや博士は、イヴさんに抱きついた。すると、巨人のワドロー氏が私の元に来て話しだした。

『お帰りなさい。ミスター・ロック』

低い声が私の耳に響いた。

『ありがとう……ん？　その声、そうだ！　思い出した。あの時、そう惑星ビシュヌで鷲尾さんが吹き飛ばされ、私やブラウ博士がパニックに陥った時に聞こえた声。あれはミスター・ワドローあなただった……そうでしょう？』

『さあ、どうでしょう』

『――どうした。何かあったのか？』

『あ、いいえ別に』

『ところで私は、あなた（ロック）に知らせたい事があります』

『どんな事ですか？』

『ミスター・ロック。あなたは以前、単身で次元間転移装置を使いましたね』

『はい』

『更に一連の戦闘、及び宇宙空間の長距離移動により、あなたは……』

『はい。それは私自身の問題ですのでよく解っています。気遣っていただき感謝します』

『――ハァ？　何の話だ。そんな事より今日は、めでたい。パーッといこうじゃないか。パーティーだ！　ハッハッハ…』

『そうですね博士』

『……』

そんな訳で、その夜は多方面から集められた食材を使ってイヴさんやアンドロイド達の協力で、それなりの料理をこしらえてパーティーとなった。尤も、その味を楽しめた者は少なかったのだが……

それから一か月後の事、思いがけない事が起こった。その時、私はつくば第一ビルシティーの一室に居て、クーギィを通じて世界の状況をチェックしていた。

『――ツッ、ツツーージジ……ザー…』

突然、何の前ぶれもなく部屋のディスプレイが変調をきたした。

『コンピューター、この部屋のディスプレイが変だ。調べてくれ』

『了……ジジ』

『いよいよ、ここもダメになったか……』

この時、世界中のビルシティーや居住可能な施設が徐々に故障を起こし、使用不能になった所も出てきつつあったのだ。だが、ここではその類の現象は起きなかったので安心していた。でもこの時、思いもしない事が起きたのだ。

『ジジジ……あ、ああーーっ』

『えっ?』

『わ…たし…は……』

と、ディスプレイ画面には見覚えのある映像が映った。思わず身を乗り出して画面を凝視した。そこには……

『わっ…鷲尾さん!』

私は叫んでいた。そこには紛れもないあの〝鷲尾太礼〟その人の姿が映っていたからだ。

『そ…その声は……』

『ロックです! 生きていたんですね鷲尾さん』

『ああ、ミスター・ロック。お久しぶりです。しかし、その表現は不適切です。再生、もしくは再構成したと言うべきでしょう』

『フフッ。やっぱり鷲尾さんですね』

『そうです。しかし、どうしてこうなったのか私にも解りません。なぜでしょう? 不思議です』

(それには私がお答えしましょう)

『アテナ!』

（私が惑星ビシュヌでの戦闘の後、彼のメモリーチップを回収し、今までかかって再生させました）

『ありがとうアテナ。やっぱり君は粋だな』

（どういたしまして…この表現でよろしいですか？）

『ああ。正解だ』

（しかしながら損傷が激しかったのでボディーまでは再生出来ませんでした）

『よく解った。本当に良くやってくれた。ありがとう』

ふと見ると、ディスプレイの中の鷲尾さんが首をかしげていたので、アテナに説明するように言っておいた。それからしばらくしてブラウ博士がやって来て、鷲尾さんと再会した。その夜、またしてもパーティーとなった事は言うまでもない。博士は地球に帰還してからというもの、アカデミアパークの一室で暮らしている。なぜかというと、イヴさんの赤ちゃんのお守りをしているのだそうだ。博士としては、自分の孫でも出来たかのように思っているのだろう。

その後、イヴさんは一年に一人の割合でベビーを産んでいった。だが、産んだ子は全て女性だ。まぁ、彼女の意気込みからしてみれば当然かと思われた。ちなみに彼女は、世界中に保存されている精子や卵子を用い、体外受精を経て妊娠しているのだ。

故に、世界のオリジナルの民族を産み続けている訳だ。あっぱれ！　と言ったところだ。

他にも朗報がある。これは朝生さんからのものだが、リブズウイルスのワクチンが出来たそうだ。出来ないはずのワクチンがなぜ出来たのかと言うと、あの巨人、ワドロー氏が抗体を持っていた事が解ったからだ。変化するウイルスのワクチン。私には想像しがたいしろものだが、これでリブズウイルスは脅威ではなくなった。本当に人類は復活するのだなと実感した。

そして、五年が過ぎた。イヴさんは二十一、いや二十二歳になり、まだ妊娠している。ブラウ博士は、子守と教育に余念がない。そして巨人のワドロー氏はと言うと、最近、私の所にやってきて、こんな事を言っていた……

『私の種族は、太古の昔からこの地球に存在していました。人間の間では神話となって語り継がれてきました。その中で、我ら巨人の一族は大抵、人間を迫害し、そのために神の怒りを買い、神々と戦争をし、敗れて滅亡したとされてきました。私は今回の事で、この汚名を数万年ぶりに払拭出来たと思っている。私があのタイミングであの場所で発見され、人類復活に一役買うよう仕組まれていたと言う事に私は最近、ようやく気付きました。

これから私は、私の同胞のもとへと帰還する事にしました。ついては、その挨拶にと思い君に会いに来たのです』

『待って下さい。あなた達の同胞のもととはいったい何処で、いつ帰還すると言うのですか!?』

『それは言わないでおく事にします。それにしても、よくここまで頑張りましたね』

『私の周りにはアンドロイドとはいえ、優秀な技術を持った者達が居ますから』

『残念ながら私は、そのような技術や能力は持ち合わせていません。力になれなくてすみません』

『いいえ、あなたはこれまで充分に助けてくれたではありませんか。改めて、お礼を言わせてもらいます。ありがとう』

『最後に一つ。あなたの願いはこの後、叶えられるでしょう。そして、あなたは伝説になるのです』

『伝説?』

『これも、言わないでおきます。それでは、さようならミスター・ロック』

『……さようならミスター・ワドロー』

こうして彼は、私の前から姿を消したのです。しばらくしてイヴさんやブラウ博士の前にも現れ、何か意味深な事を告げた後、姿を消したという事を耳にしました。

『博士、ブラウ博士！』

『何だ。どうしたんだイヴよ』

『最近、ロックさんから連絡ありましたか？』

『…ん……あ、いや無い。それがどうかしたのか？』

『ちょっと気になって……彼と話をしたのは、もうかれこれ一年も前になると思ったものですから』

『そう言われれば…もうそんなになるか？』

『そうですよ！　確か彼は今、つくばに居るのですよね？』

『そうだ。ＩＰＳＤに居るはずだが』

『行ってみませんか？』

『――――いや、儂は遠慮しておく。心配なら一人で行ってみるといい。認めたくはないが儂ももうトシだからな…』

『ハァ……』

『大丈夫だ。心細いのならティアに同行するように言っておくから』

『解りました。私一人で行ってみます』

という訳で私（イヴ）は、彼（ロック）に会いに行く事にしました。ネットで話そうとしても「こんにちは。私はロック。ただ今、直接お話し出来ません。ですが、元気にしておりますのでご心配には及びません。失礼いたします」というメッセージが届くばかり。心配しない方がおかしいというものです。施設の入り口に立つと、すかさずセキュリティーシステムがチェックを始めた。

『私はイヴ。ミスター・ロックに会いに来ました』

そう言うと、

「確認。どうぞお入り下さい」

指示に従い、中に入ると床に光のラインが現れ、行く先を示してくれる。やがて、ある一室へとラインが導くのを確認すると、その入り口にアテナさんが立っていた。

『ようこそイヴ様。こちらです』

部屋の中に入ると、さまざまな機器が所狭しとばかりに配置されていて視界を遮っている。が、その向こうに見え隠れして人影らしいものが見える。近づいてみると、そこに彼（ロック）が足を半分組んだ形で座っていた。

『久しぶりですねイヴさん。驚かせてしまいましたか？』

その声は、もはや彼の口からのものではなかった。頭部の帽子状のそれは、鍔《つば》の部分がなくなっていた。目は三割ほどしか開いておらず、それ以上は開かないように思えた。更に、耳たぶは伸び切っていてイヤリングは無くなっていた。上半身は何も身に着けておらず、その右手は何か考え事をしているのか、むなしく空を摑もうとしているかのようだ。

『どうしたのですか?』

『お恥ずかしい事です。この姿のまま動けなくなってしまったのです……詳しくはアテナから聞いてもらえますか。少し休ませていただきたいのです』

『は…はい。解りました』

『では、こちらへ』

と、アテナさんは私を別室へと案内してくれた。

『連絡もせず申し訳ありません』

『あ、いいえ…』

『でも、それは彼の指示でしたので』

『彼が申しますには、さまざまな無理が体のシステムに影響を及ぼしたためだと。つまり、単体での次元間転移や何十光年もの旅。更には体のシステム改造などが原因であるとの事です』

『そうでしたか……』

そしてアカデミアパークの元ホテルに戻り、事の顚末《てんまつ》をブラウ博士に話した。すると、博士が妙に興奮しだした。

『ミス・イヴ。いや、ミセス・イヴ…？』

『イヴでいいです』

『ではイヴよ、お前さんが見たロクの姿を儂に見せてくれ。出来るじゃろ？』

『あ、はい。ちょっと待って下さい』

私は、アテナさんに連絡を取り、彼の映像を送信してもらった。目の前のディスプレイにその映像が映し出された。

『おお！』

と、ひと声。すぐに立体で見たいと言うので、その通りにして見せた…すると
『イヴよ、お前さん東洋の救世主と言うのを知っているか？』

『――――いいえ』

『遥か未来に、この世に現れ、人々を救うという仏教の聖人の事だ。仏教界のキリストのような存在だな』

『で、それが何か…？』

『伝説では釈迦という仏教の開祖の時代、およそ紀元前五百年頃だがその年から数えて五十六億七千万年後に現れ、世界を救うという。弥勒菩薩がその救世主だ』

『……』

『解らんか。あやつこそは、その弥勒ではないかと言っておるのだ』

『えっ！　彼が救世主？』

『確かイヴよ。お前さん、彼がウイルスによって人の心を得たのではないかと言っておったな』

『はい』

『ここからは儂の推測だが、ロックとは鍵をかけるという意味があるだろう』

『アッ！　はい。その通りです。もう少し詳しく言いますと、ロックするとは鍵をかけて動かなくするとか固定するという意味もあります』

『解ってるじゃねぇか。つまり彼は、心・マインドを固定した者という事だ。マインドというのは、しばしば省略してＭＩと表すから……』

『ＭＩロック』

『そうだ。だが、儂らは彼のことをロクと言っておった。六番目に造られたという意味でな。だからＭＩＲＯＫＵ。つまり、ミロクだ。どうだ、この立体映像をよく見てみろ。どこかで見た覚えはないか？』

『このポーズ、この姿……これは確か』

『そうだ。この国の文化財に弥勒菩薩像があるだろう。それにそっくりだとは思わんか？』

『いいえ。文化財ではなく国宝です。京都の広隆寺にある弥勒菩薩像半跏像。宝冠弥勒とも呼ばれている木像です』

『ずいぶん詳しいじゃねぇか』

『私は半分、日本人ですから』

『そうだったな。それはそうと、コンピューター！　この立体映像の隣に、その弥勒菩薩像を出してくれ』

――と、その像が現れると私達は思わず顔を見合わせ、驚いた。正に瓜二つだったからだ。

『ついに伝説は成就したという事か……』

『――でも博士、年代がだいぶ異なるのではないでしょうか？』

『何を言うか。五十六億七千万年後といったら、この地球自体、無くなっとるわい。太陽の寿命でな』

『ハッ!…そ、そうですよね』

『いいか、よく考えてくれ。およそ彼(ロック)があの時、起動していなければ間違いなく我々人類は滅びていた。そうじゃろう?』

『ええ。そうです。その通りですね』

『あやつ、いや彼こそは、伝説の救世主だったという訳だ』

『弥勒菩薩の降臨ですね』

『そうじゃな』

END

おわりに

南極の氷の下には大きな湖、ボストーク湖があります。湖の調査にあたった科学者などが何人も未知の病原体による感染で亡くなっています。この事は、あまり大きく報道されませんでした。私たちと隔絶された所で起きた事だからでしょうか？　ネットでも詳しく調べる事がむずかしい事件でした……。

私は一九八七年に父と祖母を亡くし、その十年前に母を亡くしています。以来、ずっと一人暮らし。孤独というものを嫌というほど味わって来ました。そんな私だからこそ書けた物語ではないかと、最近思えてきました。そして今も孤独の中に身を置いています。私には弟が居ますが、彼は料理の道を歩んでいてサラリーマンの私とは生活のリズムが違うという事で、ほとんど一緒には住まなかった。弟も又、独身なので、やはり孤独なのでしょう。私の家は母、祖母と二代に亘って婿を迎えていますので、親戚とはあまり交流がないのが現状です。

私事を長々と書いて申し訳ありません。こんな私が書いた小説を楽しんでいただければ幸いです。

最後に、既に亡くなった私の友人、堀田幸一氏と、かつて私の上司で、とてもお世話になった朝生氏に追悼の意をこめて、この小説を捧げます。

著者プロフィール

想星 尤（そうせい ゆう）

1958年、千葉県市原市に生まれる。
元来、不思議な事が好きで、科学やオカルトの本を読みあさってきました。2000年頃、離職中に新聞広告で「ジュニア小説入門」という通信講座を見付け、数ヶ月間行なって卒業。その後、短編や掌編小説を書いてきて、この度、『植民惑星　アース』を書き上げ、現在に至る。

植民惑星　アース

2023年５月15日　初版第１刷発行

著　者　想星 尤
発行者　瓜谷 綱延
発行所　株式会社文芸社
〒160-0022　東京都新宿区新宿1－10－1
電話　03-5369-3060（代表）
03-5369-2299（販売）

印　刷　株式会社文芸社
製本所　株式会社MOTOMURA

ISBN978-4-286-30063-4